★聆听感悟大师经典

辛弃疾名篇名句赏读

罗剑平　主编

黄河出版传媒集团
阳光出版社

图书在版编目（CIP）数据

辛弃疾名篇名句赏读 / 罗剑平主编. —— 银川：阳光出版社，2016.6（2024.1重印）

（聆听感悟大师经典）

ISBN 978-7-5525-2760-5

Ⅰ. ①辛… Ⅱ. ①罗… Ⅲ. ①辛弃疾（1140-1207）-宋词-诗歌欣赏 Ⅳ. ①I207.23

中国版本图书馆CIP数据核字(2016)第170140号

聆听感悟大师经典　辛弃疾名篇名句赏读　　　　罗剑平　主编

责任编辑　金小燕
封面设计　民谐文化
责任印制　岳建宁

黄河出版传媒集团
阳光出版社　出版发行

地　　　址	宁夏银川市北京东路139号出版大厦（750001）
网　　　址	http://www.ygchbs.com
网上书店	http://shop129132959.taobao.com
电子信箱	yangguangchubanshe@163.com
邮购电话	0951-5047283
经　　　销	全国新华书店
印刷装订	永清县晔盛亚胶印有限公司
印刷委托书号	（宁）0027491

开　　本	710 mm×1000 mm　1/16
印　　张	6.5
字　　数	78千字
版　　次	2016年6月第1版
印　　次	2024年1月第2次印刷
书　　号	ISBN 978-7-5525-2760-5
定　　价	23.80元

版权所有　翻印必究

前 言

世界文学的殿堂就像大自然一样神奇、美丽与朴实,它是世界上才华横溢的一批人用最优美、最自然的表达而描绘出的世界图景。历经时代的考验,这些作品魅力永存,而有这样一批才华横溢的大师也被我们永久记录下来,他们人格的力量一直激励着我们,他们的思想也已融入我们的血液之中。

阅读这些大师的经典作品,感悟其中的社会百态和人世间的苦乐善恶,就像与大师在进行面对面的交谈,让人的精神上产生出一种超越、一种支撑、一种理性的沉淀。

为了帮助读者朋友更好地阅读古今中外的经典作品,我们精心编辑了这套《聆听感悟大师经典》丛书,希望能把有价值的、经典的书推荐给大家,让大家在有限的时间里能够了解中外经典名作的轮廓,提早感受到名著的魅力,慢慢进入阅读的佳境。本套丛书包括《莎士比亚名篇名句赏读》《雨果名篇名句赏读》《卢梭名篇名句赏读》《李白名篇名句赏读》《鲁迅名篇名句赏读》《徐志摩名篇名句赏读》等,每本书中都配有作者小传和作者肖像,所选内容都是中外文化巨人的优秀作品,通过我们的分类整理,相信会给你一个愉快的阅读体验。

通过对该丛书的阅读,你会发现大师的经典语句与我们的日常生活中有很多的契合点,读书的过程就像聆听大师的亲身教诲一样,使我们懂得生活中的许多哲理。编辑本丛书的目的,并非要取代对原著的阅读,而是让读者在名篇名句的引导和记忆中更好地阅读整部作品并理解整部作品的意境。

由于编写时间仓促及编者水平有限,书中难免有不足之处,还望读者批评指正。

编 者

作者小传

辛弃疾

辛弃疾(1140年—1207年),南宋词人。字幼安,号稼轩,历城(今山东济南)人。生于北宋灭亡十三年之后的金人统治地区。他从小就受到民族意识与爱国思想的教育,立志恢复失地,报效祖国。21岁参加抗金义军,不久归南宋,历任湖北、江西、湖南、福建、浙东安抚使等职。任职期间,采取积极措施,招集流亡,训练军队,奖励耕战,打击贪污豪强,注意安定民生。

辛弃疾深谋远虑,智略超群。26岁时向孝宗上奏《美芹十论》,论文前三篇详细分析了北方人民对女真统治者的怨恨,以及女真统治集团内部的尖锐矛盾。后七篇就南宋方面应如何充实国力,积极准备,及时完成统一中国的事业等,也都提出一些具体的规划。

31岁时辛弃疾进献《九议》,《九议》除包括《美芹十论》里一些重要论点外,更根据刘邦、项羽率吴楚子弟北上灭秦的史实,驳斥存在于士大夫间的"吴楚之脆弱不足以争衡于中原"的谬论。他一面认为"胜败兵家之常事",不能因一次的失败而丧失胜利的信心,用以驳斥那些借口符离之败"欲终世而讳兵"的妥协投降派;一面又认为"欲速则不达",要求国家做长期的准备,而反对那些轻举妄动,"欲明日而亟斗"的速战派。从审势、察情、观衅、自治、守淮、屯田、致勇、防微、久任、详战等方面,指陈任人用兵之道,谋划复国中兴的大计,切实详明。

33岁时他预言金朝"六十年必亡,虏亡则中国之忧方大"(周密《浩然斋意抄》),体现出辛弃疾的远见卓视。他还具有随机应变的实干才能,41岁在湖南创建雄镇一方的飞虎军,虽困难重重,但事皆立力,时人比之为"隆中诸葛"(刘宰《贺辛等制弃疾知镇江》)。辛弃疾积极进取的精神、抗战复国的政治主张本来就与当时只求苟安的政治环境相冲突;而他"昂昂千里,泛泛不作水中凫"(《水调歌头》)的傲岸不屈、刚正独立的个性更使他常常遭人忌恨、谗害和排挤,因此他一生"三仕三已"(《哨遍》)。从42岁起,他先后被削职闲居达二十年之久。晚年一度起用,出任镇江,复被削职,终于未能实现其恢复中原的宏愿而病死于铅山。终年68岁。

辛弃疾是南宋爱国词派的领袖和旗帜。其词题材广泛,内容丰富,而以爱国词和田园词最为突出。其爱国词多抒发报国的壮志,揭露投降派的可耻行径,表达自己壮志难酬的悲愤,意境深远,气势宏伟,风格豪放悲壮。其描绘田园风光的词,咏赞祖国河山,也借笑傲山水、流连诗酒来排遣自己的精神苦闷,情景如画,笔调轻灵,风格清俊淡泊。辛弃疾继承了苏轼的豪放词风和南宋前期爱国词人的传统,进一步扩大了词的表现范围,境界更阔大,手法更多样,融进了诗歌、散文、辞赋、经史百家成语,语言丰富多采,是豪放词的集大成者,推动了词风的转变,在词史上具有重要意义。他的词中也有大量清丽婉媚的婉约之作,反映了作者多方面的精神生活和艺术造诣。其散文亦颇有成就,尤以议论文为佳,《九议》《美芹十论》为其代表作。有《稼轩长短句》。

辛弃疾既有词人的气质,又有军人的豪情,他的人生理想本来是做统兵将领,在战场上博取功名,"把诗书马上,笑驱锋镝"(《满江红》)。但由于历史的错位,"雕弓挂壁无用""长剑铗,欲生苔"(《水调歌头》),只得"笔作剑锋长"(《水调歌头·席上为叶仲洽赋》),转而在词坛上开疆拓土,将本该用以建树"弓刀事业"(《破阵子》)的雄才来建立词史上的丰碑。

辛弃疾写词,有着自觉而明确的创作主张,即弘扬苏轼的传统,把词当作抒怀言志的"陶写之具",用词来表现自我的行藏出处和精神世界。他在《鹧鸪天》词中明确宣称:"人无同处面如心。不妨旧事从头记,要写行藏入笑林。"他也实现了自我的创作主张,空前绝后地把自我一生的人生经历、生命体验和精神个性完整地表现在词作中。与虎啸风生、豪气纵横的英雄气质相适应,辛弃疾崇尚、追求雄豪壮大之美,"有心雄泰华,无意巧玲珑"(《临江仙》),即生动形象地表达出他的审美理想。情怀的雄豪激烈,意象的雄奇飞动,境界的雄伟壮阔,语言的雄健刚劲,构成了稼轩词独特的艺术个性和主导风格。

千古江山,英雄无觅,孙仲谋处。舞榭歌台,风流总被,雨打风吹去。斜阳草树,寻常巷陌,人道寄奴曾住。想当年,金戈铁马,气吞万里如虎。元嘉草草,封狼居胥,赢得仓皇北顾。四十三年,望中犹记、烽火扬州路。可堪回首,佛狸祠下,一片神鸦社鼓。凭谁问,廉颇老矣,尚能饭否?英雄的才情将略与"归正人"的苦闷怨愤,"刚拙自信"的气质个性和"三仕三已"的人生经历,抒写人生行藏的创作主张和追求雄豪壮大的审美,这,就是一个完整的辛弃疾。

目 录

词 ·· 1
美芹十论 ·· 67
九 议 ·· 83

词

更能消、几番风雨。匆匆春又归去。惜春长怕花开早,何况落红无数。春且住,见说道、天涯芳草无归路。怨春不语。算只有、殷勤画檐蛛网,尽日惹飞絮。

长门事,准拟佳期又误。蛾眉曾有人妒。千金纵买相如赋,脉脉此情谁诉?君莫舞,君不见、玉环飞燕皆尘土。闲愁最苦,休去倚危楼,斜阳正在,烟柳断肠处。

❋ 《摸鱼儿 观潮上叶丞相》

望飞来,半空鸥鹭。须臾动地鼙鼓。截江组练驱山去,鏖战未收貔虎。朝又暮。诮惯得、吴儿不怕蛟龙怒。风波平步。看红旆惊飞,跳鱼直上,蹙踏浪花舞。

凭谁问,万里长鲸吞吐。人间儿戏千弩。滔天力倦知何事,白马素车东去。堪恨处。人道是、子胥冤愤终千古。功名自误。谩教得陶朱,五湖西子,一舸弄烟雨。

❋ 《摸鱼儿 观潮上叶丞相》

三径初成,鹤怨猿惊,稼轩未来。甚云山自许,平生意气,衣冠人笑,抵死尘埃。意倦须还,身闲贵早,岂为莼羹鲈鲙哉!秋江上,看惊弦雁避,骇浪船回。

东冈更葺茅斋。好都把轩窗临水开。要小舟行钓,先应种柳,疏篱

辛弃疾名篇名句赏读

护竹,莫碍观梅。秋菊堪餐,春兰可佩,留待先生手自栽。沉吟久,怕君恩未许,此意徘徊。

❋ 《沁园春 带湖新居将成》

伫立潇湘,黄鹄高飞,望君不来。被东风吹堕,西江对语,急呼斗酒,旋拂征埃。却怪英姿,有如君者,犹欠封侯万里哉。空赢得,道江南佳句,只有方回。

锦帆画舫行斋。怅雪浪沾天江影开。记我行南浦,送君折柳,君逢驿使,为我攀梅。落帽山前,呼鹰台下,人道花须满县栽。都休问,看云霄高处,鹏翼徘徊。

❋ 《沁园春 送赵江陵东归,再用前韵》

渡江天马南来,几人真是经纶手?长安父老,新亭风景,可怜依旧!夷甫诸人,神州沉陆,几曾回首。算平戎万里,功名本是,真儒事、君知否?

况有文章山斗。对桐阴、满庭清昼。当年堕地,而今试看,风云奔走。绿野风烟,平泉草木,东山歌酒。待他年,整顿乾坤事了,为先生寿。

❋ 《水龙吟 甲辰岁寿韩南涧尚书》

楚天千里清秋,水随天去秋无际。遥岑远目,献愁供恨,玉簪螺髻。落日楼头,断鸿声里,江南游子,把吴钩看了,栏干拍遍,无人会、登临意。

休说鲈鱼堪鲙。尽西风,季鹰归未?求田问舍,怕应羞见,刘郎才气。可惜流年,忧愁风雨,树犹如此。倩何人,唤取红巾翠袖,揾英雄泪。

❈ 《水龙吟 登建康赏心亭》

笳鼓归来,举鞭问、何如诸葛。人道是、匆匆五月,渡泸深入。白羽风生貔虎噪,青溪路断猩鼯泣。早红尘、一骑落平冈,捷书急。

三万卷,龙韬客。浑未得,文章力。把诗书马上,笑驱锋镝。金印明年如斗大,貂蝉却自兜鍪出。待刻公、勋业到碣云,浯溪石。

❈ 《满江红 贺王宣子产湖南寇》

瘴雨蛮烟,十年梦、尊前休说。春正好、故园桃李,待君花发。儿女灯前和泪拜,鸡豚社里归时节。看依然、舌在齿牙牢,心如铁。

治国手,封侯骨。腾汗漫,排阊阖。待十分做了,诗书勋业。常日念君归去好,而今却恨中年别。笑江头、明月更多情,今宵缺。

❈ 《满江红 送汤朝美自便归金坛》

蜀道登天,一杯送、绣衣行客。还自叹、中年多病,不堪离别。东北看惊诸葛表,西南更草相如檄。把功名、收拾付君侯,如椽笔。

儿女泪,君休滴。荆楚路,吾能说。要新诗准备,庐江山色。赤壁矶头千古浪,铜鞮陌上三更月。正梅花、万里雪深时,须相忆。

❈ 《满江红 送李正之提刑入蜀》

辛弃疾名篇名句赏读

快上西楼,怕天放、浮云遮月。但唤取、玉纤横笛,一声吹裂。谁做冰壶浮世界,最怜玉斧修时节。问嫦娥、孤冷有愁无。应华发。

云液满,琼杯滑。长袖起,清歌咽。叹十常八九,欲磨还缺。若得长圆如此夜,人情未必看承别。把从前、离恨总成欢,归时说。

❋ 《满江红 中秋寄远》

鹏翼垂空,笑人世、苍然无物。还又向、九重深处,玉阶山立。袖里珍奇光五色,他年要补天西北。且归来、谈笑护长江,波澄碧。

佳丽地,文章伯。金缕唱,红牙拍。看尊前飞下,日边消息。料想宝香黄阁梦,依然画舫青溪笛。待如今、端的约钟山,长相识。

❋ 《满江红 健康史致道留守席上赋》

落日苍茫,风才定、片帆无力。还记得、眉来眼去,水光山色。倦客不知身近远,佳人已卜归消息。便归来、只是赋行云,襄王客。

些个事,如何得。知有恨,休重忆。但楚天特地,暮云凝碧。过眼不如人意事,十常八九今头白。笑江州、司马太多情,青衫湿。

❋ 《满江红 赣州席上呈陈季陵太守》

过眼溪山,怪都似、旧时曾识。是梦里、寻常行遍,江南江北。佳处径须携杖去,能消几两平生屐?笑尘埃、三十九年非,长为客!

吴楚地,东南坼。英雄事,曹刘敌。被西风吹尽,了无陈迹。楼观才

辛弃疾名篇名句赏读

成人已去,旌旗未卷头先白。叹人间、哀乐转相寻,今犹昔。

❀ 《满江红 江行和杨济翁韵》

湖海平生,算不负、苍髯如戟。闻道是、君王著意,太平长策。此老自当兵十万,长安正在天西北。便凤凰、飞诏下天来,催归急。

车马路,儿童泣。风雨暗,旌旗湿。看野梅官柳,东风消息。莫向蔗庵追语笑,只今松竹无颜色。问人间、谁管别离愁,杯中物。

❀ 《满江红 送信守郑舜举郎中赴召》

笑拍洪崖,问千丈、翠岩谁削?依旧是、西风白马,北村南郭。似整复斜僧屋乱,欲吞还吐林烟薄。觉人间、万事到秋来,都摇落。

呼斗酒,同君酌。更小隐,寻幽约。且丁宁休负,北山猿鹤。有鹿从渠求鹿梦,非鱼定未知鱼乐。正仰看、飞鸟却应人,回头错。

❀ 《满江红 游南岩和范廓之韵》

曲几蒲团,方丈里、君来问疾。更夜雨、匆匆别去,一杯南北。万事莫侵闲鬓发,百年正要佳眠食。最难忘、此语重殷勤,千金直。

西崦路,东岩石。携手处,今陈迹。望重来犹有,旧盟如日。莫信蓬莱风浪隔,垂天自有扶摇力。对梅花、一夜苦相思,无消息。

❀ 《满江红 病中俞山甫教授访别,病起寄之》

带湖吾甚爱,千丈翠奁开。先生杖履无事,一日走千回。凡我同盟

辛弃疾名篇名句赏读

鸥鸟,今日既盟之后,来往莫相猜。白鹤在何处?尝试与偕来。

破青萍,排翠藻,立苍苔。窥鱼笑汝痴计,不解举吾杯。废沼荒丘畴昔。明月清风此夜,人世几欢哀。东岸绿荫少,杨柳更须栽。

❋ 《水调歌头 盟鸥》

白日射金阙,虎豹九关开。见君谏疏频上,高论挽天回。千古忠肝义胆,万里蛮烟瘴雨,往事莫惊猜。政恐不免耳,消息日边来。

笑吾庐,门掩草,径封苔。未应两手无用,要把蟹螯杯。说剑论诗余事,醉舞狂歌欲倒,老子颇堪哀。白发宁有种,一一醒时栽。

❋ 《水调歌头 汤坡见和、用韵为谢》

今日复何日,黄菊为谁开。渊明漫爱重九,匆次正崔嵬。酒亦关人何事,正自能不尔,谁遣白衣来。醉把西风扇,随处障尘埃。

为公饮,须一日,三百杯。此山高处东望,云气见蓬莱。翳凤骖鸾公去,落佩倒冠吾事,抱病且登台。归路有明月,人影共徘徊。

❋ 《水调歌头 九日游云洞和韩南涧韵》

君莫赋幽愤,一语试相开。长安车马道上,平地起崔嵬。我愧渊明久矣,独借此翁洗洗,素壁写归来。斜日透虚隙,一线万飞埃。

断吾生,左持蟹,右持杯。买山自种云树,山下剧烟莱。百炼都成绕指,万事直须称好,人世几舆台。刘郎更堪笑,刚赋看花回。

❊ 《水调歌头 再用韵答李子永》

造物故豪纵,千里玉鸾飞。等闲更把,万斛琼粉盖颇黎。好卷垂虹千丈,只放冰壶一色,云海路应迷。老子旧游处,回首梦耶非。

谪仙人,鸥鸟伴,两忘机。掀髯把酒一笑,诗在片帆西。寄语烟波旧侣,闻道莼鲈正美,休制芰荷衣。上界足官府,汗漫与君期。

❊ 《水调歌头 和王正之右司吴江观雪见寄》

落日塞尘起,胡骑猎清秋。汉家组练十万,列舰耸高楼。谁道投鞭飞渡?忆昔鸣髇血污,风雨佛狸愁。季子正年少,匹马黑貂裘。

今老矣,搔白首,过扬州。倦游欲去江上,手种橘千头。二客东南名胜,万卷诗书事业,尝试与君谋。莫射南山虎,直觅富民侯!

❊ 《水调歌头 舟次扬州和人韵》

万事到白发,日月几西东。羊肠九折歧路,老我惯经从。竹树前溪风月,鸡酒东家父老,一笑偶相逢。此乐竟谁觉,天外有冥鸿。

味平生,公与我,定无同。玉堂金马,自有佳处著诗翁。好锁云烟窗户,怕入丹青图画,飞去了无踪。此语更痴绝,真有虎头风。

❊ 《水调歌头 和郑舜举蔗庵韵》

上古八千岁,才是一春秋。不应此日,刚把七十寿君侯。看取垂天

辛弃疾名篇名句赏读

云翼,九万里风在下,与造物同游。君欲计岁月,当试问庄周。

醉淋浪,歌窈窕,舞温柔。从今杖履南涧,白日为君留。闻道钧天帝所,频上玉卮春酒,冠佩拥龙楼。快上星辰去,名姓动金瓯。

❋ 《水调歌头 寿韩南涧七十》

云卧衣裳冷。看萧然、风前月下,水边幽影。罗袜尘生凌波去,汤沐烟江万顷。爱一点、娇黄成晕。不记相逢曾解佩,甚多情、为我香成阵。待和泪,收残粉。

灵均千古怀沙恨。恨当时、匆匆忘把,此仙题品。烟雨凄迷僝僽损,翠袂摇摇谁整?谩写入、瑶琴幽愤。弦断招魂无人赋,但金杯的砾银台润。愁殢酒,又独醒。

❋ 《贺新郎 赋水仙》

兔园旧赏,怅遗踪、飞鸟千山都绝。缟带银杯江上路,惟有南枝香别。万事新奇,青山一夜,对我头先白。倚岩千树,玉龙飞上琼阙。

莫惜雾鬓风鬟,试教骑鹤,去约尊前月。自与诗翁磨冻砚,看扫幽兰新阕。便拟明年,人间挥汗,留取层冰洁。此君何事,晚来还易腰折。

❋ 《念奴娇 和南涧载酒见过雪楼观雪》

对花何似,似吴宫初教,翠围红阵。欲笑还愁羞不语,惟有倾城娇韵。翠盖风流,牙签名字,旧赏那堪省。天香染露,晓来衣润谁整。

辛弃疾名篇名句赏读

最爱弄玉团酥,就中一朵,曾入扬州咏。华屋金盘人未醒,燕子飞来春尽。最忆当年,沉香亭北,无限春风恨。醉中休问,夜深花睡香冷。

❋ 《念奴娇 赋白牡丹和范廓之韵》

我来吊古,上危楼、赢得闲愁千斛。虎踞龙蟠何处是,只有兴亡满目。柳外斜阳,水边归鸟,陇上吹乔木。片帆西去,一声谁喷霜竹。

却忆安石风流,东山岁晚,泪落哀筝曲。儿辈功名都付与,长日惟消棋局。宝镜难寻,碧云将暮,谁劝杯中绿。江头风怒,朝来波浪翻屋。

❋ 《念奴娇 登建康赏心亭呈史致道留守》

野棠花落,又匆匆、过了清明时节。划地东风欺客梦,一夜云屏寒怯。曲岸持觞,垂杨系马,此地曾轻别。楼空人去,旧游飞燕能说。

闻道绮陌东头,行人长见,帘底纤纤月。旧恨春江流未断,新恨云山千叠。料得明朝,尊前重见,镜里花难折。也应惊问,近来多少华发。

❋ 《念奴娇 书东流村壁》

晚风吹雨,战新荷、声乱明珠苍璧。谁把香奁收宝镜,云锦红涵湖碧。飞鸟翻空,游鱼吹浪,惯趁笙歌席。坐中豪气,看公一饮千石。

遥想处士风流,鹤随人去,老作飞仙伯。茅舍疏篱今在否,松竹已非畴昔。欲说当年,望湖楼下,水与云宽窄。醉中休问,断肠桃叶消息。

❋ 《念奴娇 西湖和人韵》

辛弃疾名篇名句赏读

近来何处有吾愁,何处还知吾乐。一点凄凉千古意,独倚西风寥郭。并竹寻泉,和云种树,唤做真闲客,此心闲处,不应长藉邱壑。

休说往事皆非,而今云是,且把清樽酌。醉里不知谁是我,非月非云非鹤。露冷风高,松梢桂子,醉了还醒却。北窗高卧,莫教啼鸟惊著。

❋ 《念奴娇 赋雨岩》

人已归来,杜鹃欲劝谁归?绿树如云,等闲借与莺飞。兔葵燕麦,问刘郎、几度沾衣?翠屏幽梦,觉来水绕山围。

有酒重携,小园随意芳菲。往日繁华,而今物是人非。春风半面,记当年、初识崔徽。南云雁少,锦书无个因依。

❋ 《新荷叶 和赵德庄韵》

春色如愁,行云带雨才归。春意长闲,游丝尽日低飞。闲愁几许,更晚风、特地吹衣。小窗人静,棋声似解重围。

光景难携。任他鶗鴂芳菲。细数从前,不应诗酒皆非。知音弦断,笑渊明、空抚余徽。停杯对影,待邀明月相依。

❋ 《新荷叶 再和前韵》

长安道,投老倦游归。七十古来稀。藕花雨湿前湖夜,桂枝风澹小山时。怎消除,须殢酒,更吟诗。

也莫向、竹边孤负雪。也莫向、柳边孤负月。闲过了,总成痴。种花

辛弃疾名篇名句赏读

事业无人问,对花情味只天知。笑山中,云出早,鸟归迟。

❋ 《最高楼 醉中有四时歌者,为赋》

西园买,谁载万金归。多病胜游稀。风斜画烛天香夜,凉生翠盖酒酣时。待重寻,居士谱,谪仙诗。

看黄底、御袍元自贵。看红底、状元新得意。如斗大,只花痴。汉妃翠被娇无奈,吴娃粉阵恨谁知。但纷纷,蜂蝶乱,送春迟。

❋ 《最高楼 和杨民瞻席上用前韵赋牡丹》

江头父老,说新来朝野。都道今年太平也。见朱颜绿鬓,玉带金鱼,相公是,旧日中朝司马。

遥知宣劝处,东阁华灯,别赐仙韶接元夜。问天上、几多春,只似人间,但长见、精神如画。好都取、山河献君王,看父子貂蝉,玉京迎驾。

❋ 《洞仙歌 为叶丞相作》

飞流万壑,共千岩争秀。孤负平生弄泉手。叹轻衫短帽,几许红尘,还自喜,濯发沧浪依旧。

人生行乐耳,身后虚名,何似生前一杯酒。便此地、结吾庐,待学渊明,更手种、门前五柳。且归去,父老约重来,问如此青山,定重来否。

❋ 《洞仙歌 访泉於期师,得周氏泉,为赋》

辛弃疾名篇名句赏读

梅梅柳柳斗纤秾。乱山中,为谁容。试著春衫,依旧怯东风。何处踏青人未去,呼女伴,认骄骢。

几家门户几重重。记相逢。画桥东。明日重来,风雨暗残红。可惜行云春不管,裙带褪,鬓云松。

❋ 《江神子 和人韵》

玉箫声远忆骖鸾。几悲欢。带罗宽。且对花前,痛饮莫留残。归去小窗明月在,云一缕,玉千竿。

吴霜应点鬓云斑。绮窗闲。梦连环。说与东风,归意有无间。芳草姑苏台下路,和泪看,小屏山。

❋ 《江神子 和陈仁和韵》

一川松竹任横斜。有人家。被云遮。雪后疏梅,时见两三花。比看桃源溪上路,风景好,不争多。

旗亭有酒径须赊。晚寒些。怎禁他。醉里匆匆,归骑自随车。白发苍颜吾老矣,只此地,是生涯。

❋ 《江神子 博山道中书王氏壁》

剩云残日弄阴晴。晚山明。小溪横。枝上绵蛮,休作断肠声。但是青山山下路,春到处,总堪行。

当年彩笔赋芜城。忆平生。若为情。试取灵槎,归路问君平。花底夜深寒色重,须拚却,玉山倾。

❋ 《江神子 和人韵》

倒冠一笑,华发玉簪折。阳关自来凄断,却怪歌声滑。放浪儿童归舍,莫恼比邻鸭。水连山接。看君归兴,如醉中醒、梦中觉。

江上吴侬问我,一一烦君说。坐客樽酒频空,剩欠真珠压。手把鱼竿未稳,长向沧浪学。问愁谁怯。可堪杨柳,先作东风满城雪。

❋ 《六么令 再用前韵》

急管哀弦,长歌慢舞,连娟十样宫眉,不堪红紫,风雨晓来稀。惟有杨花飞絮,依旧是、萍满芳池。酴醾在,青虬快剪,插遍古铜彝。

谁将春色去,鸾胶难觅,弦断朱丝。恨牡丹多病,也费医治。梦里寻春不见,空肠断、怎得春知。休惆怅,一觞一咏,须刻右军碑。

❋ 《满庭芳 和洪丞相景伯韵呈景卢内翰》

柳外寻春,花边得句,怪公喜气轩眉。《阳春》《白雪》,清唱古今稀。曾是金銮旧客,记凤凰、独绕天池。挥毫罢,天颜有喜,催赐上方彝。

只今江海上,钧天梦觉,清泪如丝。算除非,痛把酒疗花治。明日五湖佳兴,扁舟去、一笑谁知。溪堂好,且拚一醉,倚杖读韩碑。

❋ 《满庭芳 游豫章东湖再用韵》

一榻清风殿影凉,涓涓流水响回廊。千章云木钩辀叫,十里溪风䆉稏

聆听感悟大师经典

辛弃疾名篇名句赏读

香。冲急雨,趁斜阳。山园细路转微茫。倦途却被行人笑,只为林泉有底忙。

✤ 《鹧鸪天 鹅湖寺道中》

晚日寒鸦一片愁,柳塘新绿却温柔。若教眼底无离恨,不信人间有白头。

肠已断,泪难收。相思重上小红楼。情知已被山遮断,频倚阑干不自由。

✤ 《鹧鸪天 代人赋》

翠竹千寻上薜萝,东湖经雨又增波。只因买得青山好,却恨归来白发多。

明画烛,洗金荷。主人起舞客齐歌。醉中只恨欢娱少,明日醒时奈病何。

✤ 《鹧鸪天 鹅湖归病起作》

唱彻阳关泪未干,功名余事且加餐。浮天水送无穷树,带雨云埋一半山。

今古恨,几千般。只应离合是悲欢。江头未是风波恶,别有人间行路难!

✤ 《鹧鸪天 送人》

辛弃疾名篇名句赏读

扑面征尘去路遥,香篝渐觉水沉销。山无重数周遭碧,花不知名分外娇。

人历历,马萧萧。旌旗又过小红桥。愁边剩有相思句,摇断吟鞭碧玉梢。

❋ 《鹧鸪天 代人赋》

枕簟溪堂冷欲秋。断云依水晚来收。红莲相倚浑如醉,白鸟无言定自愁。

书咄咄,且休休。一丘一壑也风流。不知筋力衰多少,但觉新来懒上楼。

❋ 《鹧鸪天 鹅湖归病起作》

千峰云起,骤雨一霎儿价。更远树斜阳,风景怎生图画?青旗卖酒,山那畔、别有人间,只消山水光中,无事过这一夏。

午醉醒时,松窗竹户,万千潇洒。野鸟飞来,又是一般闲暇。却怪白鸥,觑著人、欲下未下。旧盟都在,新来莫是,别有说话?

❋ 《丑奴儿 博山道中效李易安体》

衰草残阳三万顷。不逢飘零,天外孤鸿影。几许凄凉须痛饮。行人自向江头醒。

会少离多看两鬓。万缕千丝,何况新来病。不是离愁难整顿。被他引惹其他恨。

✿ 《蝶恋花 送祐之弟》

点检笙歌多酿酒。蝴蝶西园,暖日明花柳。醉倒东风眠永昼,觉来小院重携手。

可惜春残风雨又。收拾情怀,长把诗僝僽。杨柳见人离别后,腰肢近日和他瘦。

✿ 《蝶恋花 和杨济翁韵,首句用丘宗卿书中语》

九畹芳菲兰佩好。空谷无人,自怨蛾眉巧。宝瑟泠泠千古调,朱丝弦断知音少。

冉冉年华吾自老。水满汀洲,何处寻芳草。唤起湘累歌未了,石龙舞罢松风晓。

✿ 《蝶恋花 月下醉书两岩石浪》

小小华年才月半。罗幕春风,幸自无人见。刚道羞郎低粉面,傍人瞥见回娇盼。

昨夜西池陪女伴。柳困花慵,见说归来晚。劝客持觞浑未惯,未歌先觉花枝颤。

✿ 《蝶恋花 席上赠杨济翁侍儿》

少日春怀似酒浓,插花走马醉千钟。老去逢春如病酒,惟有。茶瓯香篆小帘栊。

卷尽残花风未定,休恨。花开元自要春风。试问春归谁得见,飞燕。来时相遇夕阳中。

❋ 《定风波 暮春漫兴》

老去惜花心已懒,爱梅犹绕江村。一枝先破玉溪春。更无花态度,全有雪精神。

剩向空山餐秀色,为渠著句清新。竹根流水带溪云。醉中浑不记,归路月黄昏。

❋ 《临江仙 探梅》

郁孤台下清江水,中间多少行人泪。西北望长安,可怜无数山。

青山遮不住,毕竟江流去。江晚正愁余,山深闻鹧鸪。

❋ 《菩萨蛮 书江西造口壁》

无情最是江头柳,长条折尽还依旧。木叶下平湖,雁来书有无。

雁无书尚可,妙语凭谁和。风雨断肠时,小山生桂枝。

❋ 《菩萨蛮 送祐之弟归浮梁》

青山欲共高人语,联翩万马来无数。烟雨却低回,望来终不来。

人言头上发,总向愁中白。拍手笑沙鸥,一身都是愁。

❋ 《菩萨蛮 赏心亭为叶丞相赋》

辛弃疾名篇名句赏读

香浮乳酪玻璃碗,年年醉里尝新惯。何物比春风,歌唇一点红。

江湖清梦断,翠笼明光殿。万颗写轻匀,低头愧野人。

✤ 《菩萨蛮 坐中赋樱桃》

西江水,道是西风人泪。无情却解送行人,月明千里。从今日日倚高楼,伤心烟树如荠。

会君难,别君易。草草不如人意。十年著破绣衣茸,种成桃李。问君可是厌承明,东方鼓只千骑。

对梅花、更消一醉。有明年、调鼎风味。老病自怜憔悴。过吾庐、定有幽人相问,岁晚渊明归来未。

✤ 《西河 送钱仲耕自江西漕赴婺州》

汉中开汉业,问此地、是耶非。想剑指三秦,君王得意,一战东归。追亡事、今不见,但山川满目泪沾衣。落日胡尘未断,西风塞马空肥。

一编书是帝王师,小试去征西。更草草离筵,匆匆去路,愁满旌旗。君思我、回首处,正江涵秋影雁初飞。安得车轮四角,不堪带减腰围。

✤ 《木兰花慢 席上呈张仲固帅兴元》

老来情味减,对别酒、怯流年。况屈指中秋,十分好月,不照人圆。无情水,都不管,共西风只管送归船。秋晚莼鲈江上,夜深儿女灯前。

征衫.便好去朝天。玉殿正思贤。想夜半承明,留教视草,却遣筹边。长安故人问我,道愁肠殢酒只依然。目断秋霄落雁,醉来时响空弦。

✿ 《木兰花慢 滁州送范倅》

篮舆袅袅破重网,玉笛两红妆。这里都愁酒尽,那边正和诗忙。

为谁醉倒,为谁归去,都莫思量。白水东边篱落,斜阳欲下牛羊。

✿ 《朝中措 崇福寺道中归寄祐之弟》

宝钗分,桃叶渡,烟柳暗南浦。怕上层楼,十日九风雨。断肠片片飞红,都无人管,情谁唤流莺声住?

鬓边觑,试把花卜心期,才簪又重数。罗帐灯昏,呜咽梦中语。是他春带愁来,春归何处?却不解,将愁归去。

✿ 《祝英台令 晚春》

江头醉倒山公,月明中。记得昨宵归路、笑儿童。

溪欲转,山已断,两三松。一段可怜风月、欠诗翁。

✿ 《乌夜啼 山行约范廓之不至》

人言我不如公,酒频中。更把平生湖海、问儿童。千尺蔓,云叶乱,系长松。却笑一身缠绕、似衰翁。

✿ 《乌夜啼 廓之见和·复用前韵》

朱颜晕酒,方瞳点漆,闲傍松边倚杖。不须更展画图看,自是个、寿星模样。

辛弃疾名篇名句赏读

今朝盛事,一杯深劝,更把新词齐唱。人间八十最风流,长帖在、儿儿额上。

❀ 《鹊桥仙 为人庆八十席间戏作》

君王著意履声间。便令押、紫宸班。今代又尊韩。道吏部、文章泰山。

一杯千岁,问公何事,早伴赤松闲。功业后来看。似江左、风流谢安。

❀ 《太常引 寿南涧》

长记潇湘秋晚,歌舞橘洲人散。走马月明中,折芙蓉。

今日西山南浦,画栋珠帘云雨。风景不争多,奈愁何。

❀ 《昭君怨 豫章寄张定叟》

烟迷露麦荒池柳,洗雨烘晴。洗雨烘晴,一样春风几样青。

提壶脱袴催归去,万恨千情。万恨千情,各自无聊各自鸣。

❀ 《采桑子 书博山道中壁》

病来自是於春懒。但别院、笙歌一片,蛛丝网遍玻璃盏,更问舞裙歌扇。

有多少、莺愁蝶怨。甚梦里、春归不管。杨花也笑人情浅,故故沾衣扑面。

❀ 《杏花天 无题》

辛弃疾名篇名句赏读

羞见鉴鸾孤却,倩人梳掠。一春长是为花愁,甚夜夜东风恶。

行绕翠帘珠箔,锦笺谁托。玉觞泪满却停觞,怕酒似郎情薄。

❋ 《一络索 闺思》

塞垣秋草,又报平安好。尊俎上,英雄表。金汤生气象,珠玉霏谭笑。春近也,梅花得似人难老。

莫惜金樽倒。凤诏看看到,留不住,江东小。从容帷幄去,整顿乾坤了。千百岁,从今尽是中书考。

❋ 《千秋岁 金陵寿史帅致道时有版筑役》

春事到清明,十分花柳。唤得笙歌劝君酒。酒如春好,春色年年如旧。青春元不老,君知否。

席上看君,竹清松瘦。待与青春斗长久。三山归路,明日天香襟袖。更持银盏起,为君寿。

❋ 《感皇恩 滁州为范倅寿》

东风夜放花千树,更吹落,星如雨。宝马雕车香满路。凤箫声动,玉壶光转,一夜鱼龙舞。

蛾儿雪柳黄金缕,笑语盈盈暗香去。众里寻他千百度,蓦然回首,那人却在,灯火阑珊处。

❋ 《青玉案 元夕》

— 23 —

辛弃疾名篇名句赏读

吴头楚尾,一棹人千里。休说旧愁新恨,长亭树,今如此。

宦游吾倦矣,玉人留我醉。明日落花寒食,得且住、为佳耳。

✤ 《霜天晓角 旅兴》

别后两眉尖,欲说还休梦已阑。只记埋冤前夜月,相看,不管人愁独自圆。

✤ 《南乡子 舟中记梦》

山前风雨欲黄昏。山头来去云,鹧鸪声里数家村。潇湘逢故人。

挥羽扇,整纶巾。少年鞍马尘。如今憔悴赋招魂。儒冠多误身。

✤ 《阮郎归 耒阳道中》

倩得薰风染绿衣。国香收不起,透冰肌。略开些子未多时。窗儿外,却早被人知。

✤ 《小重山 茉莉》

旋制离歌唱未成。阳关先画出,柳边亭。中年怀抱管弦声。难忘处,风月此时情。

夜雨共谁听。尽教清梦去,两三程。商量诗价重连城。相如老,汉殿旧知名。

✤ 《小重山 席上和人韵送李子永提干》

千丈悬崖削翠,一川落日镕金。白鸥来往本无心。选甚风波一任。

辛弃疾名篇名句赏读

别浦鱼肥堪脍,前村酒美重斟。千年往事已沈沈。闲管兴亡则甚。

❋ 《西江月 渔父词》

盈盈泪眼,往日青楼天样远。秋月春花,输与寻常姊妹家。

水村山驿,日暮行云无气力。锦字偷裁。立尽西风雁不来。

❋ 《减字木兰花 纪壁间题》

柳边飞鞚,露湿征衣重。宿鹭惊窥沙影动。应有鱼虾入梦。

一川淡月疏星,浣沙人影娉婷。笑背行人归去,门前稚子啼声。

❋ 《清平乐 博山道中即事》

断崖修竹,竹里藏冰玉。路绕清溪三百曲,香满黄昏雪屋。

行人系马疏篱,折残犹有高枝。留得东风数点,只缘娇嫩春迟。

❋ 《清平乐 检校山园书所见》

绕床饥鼠,蝙蝠翻灯舞。屋上松风吹急雨,破纸窗间自语。

平生塞北江南,归来华发苍颜。布被秋宵梦觉,眼前万里江山。

❋ 《清平乐 独宿博山王氏庵》

连云松竹,万事从今足。拄杖东家分社肉。白酒床头初熟。

西风梨枣山园,儿童偷把长竿。莫遣旁人惊去,老夫静处闲看。

❋ 《清平乐 检校山园书所见》

昨宵醉里行,山吐三更月。不见可怜人,一夜头如雪。

辛弃疾名篇名句赏读

今宵醉里归,明月关山笛。收拾锦囊诗,要寄扬雄宅。

❋ 《生查子 山行寄杨民瞻》

谁倾沧海珠,簸弄千明月。唤取酒边来,软语裁春雪。

人间无凤凰,空费穿云笛。醉倒却归来,松菊陶潜宅。

❋ 《生查子 民瞻见和,复用前韵》

征埃成阵,行客相逢,都道幻出层楼。指点檐牙高处,浪拥云浮。今年太平万里,罢长淮、千骑临秋。凭栏望,有东南佳气,西北神州。

千古怀嵩人去,应笑我、身在楚尾吴头。看取弓刀,陌上车马如流。从今赏心乐事,剩安排、酒令诗筹。华胥梦,愿年年、人似旧游。

❋ 《声声慢 滁州旅次登楼作和李清宇韵》

直节堂堂,看夹道、冠缨拱立。渐翠谷、群仙东下,佩环声急。闻道天峰飞堕地,傍湖千丈开青壁。是当年、玉斧削方壶,无人识。

山木润,琅玕温。秋露下,琼珠滴。向危亭横跨,玉渊澄碧。醉舞且摇鸾凤影,浩歌莫遣鱼龙泣。恨此中、风月本吾家,今为客。

❋ 《满江红 题冷泉亭》

照影溪梅,怅绝代、幽人独立。更小驻、雍容千骑,羽觞飞急。琴里新声风响佩,笔端醉墨鸦栖壁。是使君、文度旧知名,方相识。

清可漱,泉长滴。高欲卧,云还湿。快晚风吹赠,满怀空碧。宝马嘶

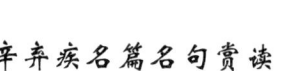

辛弃疾名篇名句赏读

归红筛动,团龙试碾铜瓶泣。怕他年、重到路应迷,桃源客。

❋ 《满江红 再用前韵》

可恨东君,把春去春来无迹。便过眼、等闲输了,三分之一,昼永暖翻红杏雨,风晴扶起垂杨力。更天涯、芳草最关情,烘残日。

湘浦岸,南塘驿。恨不尽,愁如积。算年年孤负,对他寒食。便恁归来能几许,风流已自非畴昔。凭画栏、一线数飞鸿,沈空碧。

❋ 《满江红 暮春》

尘土西风,便无限、凄凉行色。还记取、明朝应恨,今宵轻别。珠泪争垂华烛暗,雁行中断哀筝切。看扁舟、幸自涩清溪,休催发。

白首路,长亭仄。千树柳,千丝结。怕行人西去,棹歌声阕。黄卷莫教诗酒污,玉阶不信仙凡隔。但从今、伴我又随君,佳哉月。

❋ 《满江红 和杨民瞻送祐之弟还侍浮梁》

天上飞琼,毕竟向、人间情薄。还又跨、玉龙归去,万花摇落。云破林梢添远岫,月临屋角分层阁。记少年、骏马走韩卢,掀东郭。

吟冻雁,嘲饥鹊。人已老,欢犹昨。对琼瑶满地,与君酬酢。最爱霏霏迷远近,却收扰扰还寥廓。待羔儿、酒罢又烹茶,扬州鹤。

❋ 《满江红 和范先之雪》

辛弃疾名篇名句赏读

天与文章,看万斛、龙文笔力。闻道是、一时曾赐,千金颜色。欲说又休新意思,强啼偷笑真消息。算人人、合与共乘鸾,銮坡客。

倾国艳,难再得。还可恨,还堪忆。看书寻旧锦,衫裁新碧。莺蝶一春花里活,可堪风雨飘红白。问谁家、却有燕归梁,香泥湿。

❋ 《满江红 席间和洪舍人兼简司马汉章太监》

敲碎离愁,纱窗外、风摇翠竹。人去后、吹箫声断,倚楼人独。满眼不堪三月暮,举头已觉千山绿。但试将、一纸寄来书,从头读。

相思字,空盈幅。相思意,何时足。滴罗襟点点,泪珠盈掬。芳草不迷行客路,垂杨只碍离人目。最苦是、立尽月黄昏,栏干曲。

❋ 《满江红》

倦客新丰,貂裘敝、征尘满目。弹短铗、青蛇三尺,浩歌谁续。不念英雄江左老,用之可以尊中国。叹诗书、万卷致君人,番沈陆。

休感叹,年华促。人易老,叹难足。有玉人怜我,为簪黄菊。且置请缨封万户,竟须卖剑酬黄犊。叹当年、寂寞贾长沙,伤时哭。

❋ 《满江红》

家住江南,又过了、清明寒食。花径里、一番风雨,一番狼藉。流水暗随红粉去,园林渐觉清荫密。算年年、落尽刺桐花,寒无力。

庭院静,空相忆。无说处,闲愁极。怕流莺乳燕,得知消息。尺素如

辛弃疾名篇名句赏读

今何处也,彩云依旧无踪迹。谩教人、羞去上层楼,平芜碧。

❊ 《满江红 暮春》

把酒长亭说。看渊明、风流酷似,卧龙诸葛。何处飞来林间鹊,蹙踏松梢微雪。要破帽、多添华发。剩水残山无态度,被疏梅、料理成风月。两三雁,也萧瑟。

佳人重约还轻别。怅清江、天寒不渡,水深冰合。路断车轮生四角,此地行人销骨。问谁使、君来愁绝。铸就而今相思错,料当初、费尽人间铁。长夜笛,莫吹裂。

❊ 《贺新郎》

老大犹堪说。似而今、元龙臭味,孟公瓜葛。我病君来高歌饮,惊散楼头飞雪。笑富贵、千钧如发。硬语盘空谁来听,记当时、只有西窗月。重进酒,唤鸣瑟。

事无两样人心别。问渠侬、神州毕竟,几番离合。汗血盐车无人顾,千里空收骏骨。正目断、关河路绝。我最怜君中宵舞,道男儿、到死心如铁。看试手,补天裂。

❊ 《贺新郎 同父见和·再用前韵》

细把君诗说。怅余音、钧天浩荡,洞庭胶葛。千尺阴崖尘不到,惟有层冰积雪。乍一见、寒生毛发。自昔佳人多薄命,对古来、一片伤心月。

辛弃疾名篇名句赏读

金屋冷,夜调瑟。

去天尺五君家别。看乘空、鱼龙惨淡,风云开合。起望衣冠神州路,白日销残战骨。叹夷甫、诸人清绝。夜半狂歌悲风起,听铮铮、阵马檐间铁。南共北,正分裂。

❄ 《贺新郎 用前韵送杜叔高》

凤尾龙香拨。自开元、霓裳曲罢,几番风月。最苦浔阳江头客,画舸亭亭待发。记出塞、黄云堆雪。马上离愁三万里,望昭阳、宫殿孤鸿没。弦解语,恨难说。

辽阳驿使音尘绝,琐窗寒、轻拢慢捻,泪珠盈睫。推手含情还却手,一抹梁州哀彻。千古事、云飞烟灭。贺老定场无消息,想沉香亭北繁华歇。弹到此,为呜咽。

❄ 《贺新郎 听琵琶》

柳暗清波路。送春归、猛风暴雨,一番新绿。千里潇湘葡萄涨,人解扁舟欲去。又樯燕、留人相语。艇子飞来生尘步,唾花寒、唱我新番句。波似箭,催鸣橹。

黄陵祠下山无数。听湘娥、泠泠曲罢,为谁情苦。行到东吴春已暮,正江阔、潮平稳渡。望金雀、觚棱翔舞。前度刘郎今重到,问玄都、千树花存否。愁为倩,么弦诉。

❄ 《贺新郎》

辛弃疾名篇名句赏读

酒罢且勿起,重挽史君须。一身都是和气,别去意何如。我辈情钟休问,父老田头说尹,泪落独怜渠。秋水见毛发,千尺定无鱼。

望清阙,左黄阁,右紫枢。东风桃李陌上,下马拜除书。屈指吾生余几,多病故人痛饮,此事正愁余。江湖有归雁,能寄草堂无。

❉ 《水调歌头 送太守王秉》

我饮不须劝,正怕酒樽空。别离亦复何恨,此别恨匆匆。闲上貂蝉贵客,花外麒麟高冢,人世竟谁雄。一笑出门去,千里落花风。

孙刘辈,能使我,不为公。余发种种如是,此事付渠侬。但觉平生湖海,除了醉吟风月,此外百无功。毫发皆帝力,更乞鉴湖东。

❉ 《水调歌头》

寒食不小住,千骑拥春衫。衡阳石鼓城下,记我旧停骖。襟似潇湘桂岭,带似洞庭春草,紫盖屹东南。文字起骚雅,刀剑化耕蚕。

看使君,於此事,定不凡。奋髯抵几堂上,尊俎自高谈。莫信君门万里,但使民歌五袴,归诏凤凰衔。君去我谁饮,明月影成三。

❉ 《水调歌头 送郑厚卿赴衡州》

头白齿牙缺,君勿笑衰翁。无穷天地今古,人在四之中。臭腐神奇俱尽,贵贱贤愚等耳,造物也儿童。老佛更堪笑,谈妙说虚空。

❉ 《水调歌头 元日投宿博山寺,见者惊叹其老》

辛弃疾名篇名句赏读

上界足官府,公是地行仙。青毡剑履旧物,玉立侍天颜。莫怪新来白发,恐是当年柱下,道德五千言。南涧旧活计,猿鹤且相安。

歌秦缶,宝康瓠,世皆然。不知清庙钟磬,零落有谁编。堪笑行藏用舍,试问山林钟鼎,底事有亏全。再拜荷公赐,双鹤一千年。

❋ 《水调歌头 和德和上南涧韵》

少年握槊,气凭陵、酒圣诗豪余事。缩手旁观初未识,两两三三而已。变化须臾,鸥飞石镜,鹊抵星桥依。捣残秋练,玉砧犹想纤指。

堪笑千古争心,等闲一胜,拚了光阴费。老子忘机浑漫与,鸿鹄飞来天际。武媚宫中,韦娘局上,休把兴亡记。布衣百万,看君一笑沉醉。

❋ 《念奴娇 双陆和坐客韵》

倘来轩冕,问还是、今古人间何物。旧日重城愁万里,风月而今坚壁。药笼功名,酒垆身世,可惜蒙头雪。浩歌一曲,坐中人物之杰。

堪叹黄菊凋零,孤标应也有,梅花争发。醉里重揩西望眼,惟有孤鸿明灭。世事从教,浮云来去,枉了冲冠发。故人何在,长歌应伴残月。

❋ 《念奴娇 用东坡赤壁韵》

道人元是,道家风、来作烟霞中物。翠幰裁犀遮不定,红透玲珑油壁。借得春工,惹将秋露,薰做江梅雪。我评花谱,便应推此为杰。

憔悴何处芳枝,十郎手种,看明年花发。坐对空香色界,不怕西风起灭。别驾风流,多情更要,簪满姮娥发。等闲折尽,玉斧重倩修月。

❈ 《念奴娇 用前韵和丹桂》

江南尽处,堕玉京仙子,绝尘英秀。彩笔风流,偏解写、姑射冰姿清瘦。笑杀春工,细窥天巧,妙绝应难有。丹青图画,一时都愧凡陋。

还似篱落孤山,嫩寒清晓,只欠香沾袖。淡伫轻盈,谁付与、弄粉调朱纤手。疑是花神,谒来人世,占得佳名久。松篁佳韵,倩君添做三友。

❈ 《念奴娇 赠妓善作墨梅》

疏疏淡淡,问阿谁、堪比天真颜色。笑杀东君虚占断,多少朱朱白白。雪里温柔,水边明秀,不借春工力。骨清香嫩,迥然天与奇绝。

尝记宝篽寒轻,璅窗人睡起,玉纤轻摘。漂泊天涯空瘦损,犹有当年标格。万里风烟,一溪霜月,未怕欺他得。不如归去,阆苑有个人忆。

❈ 《念奴娇 梅》

倚栏看碧成朱,等闲褪了香袍粉。上林高选,匆匆又换,紫云衣润。几许春风,朝薰暮染,为花忙损。笑旧家桃李,东涂西抹,有多少、凄凉恨。

拟倩流莺说与,记荣华、易消难整。人间得意,千红百紫,转头春尽。白发怜君,儒冠曾误,平生官冷。算风流未灭,年年醉里,把花枝问。

❈ 《水龙吟 载学士院有之》

辛弃疾名篇名句赏读

稼轩何必长贫,放泉檐外琼珠泻。乐天知命,古来谁会,行藏用舍。人不堪忧,一瓢自乐,贤哉回也。料当年曾问,饭蔬饮水,何为是、栖栖者。

且对浮云山上,莫匆匆、去流山下。苍颜照影,故应流落,轻裘肥马。绕齿冰霜,满怀芳乳,先生饮罢。笑挂瓢风树,一鸣渠碎,问何如哑。

❋ 《龙吟 题瓢泉》

花好处,不趁绿衣郎。缟袂立斜阳。面皮儿上因谁白,骨头儿里几多香。尽饶他,心似铁,也须忙。

甚唤得、雪来白倒雪。更唤得、月来香杀月。谁立马,更窥墙。将军止渴山南畔,相公调鼎殿东厢。忒高才,经济地,战争场。

❋ 《最高楼 用韵答晋臣敷文》

金闺老,眉寿正如川。七十且华筵。乐天诗句香山里,杜陵酒债曲江边。问何如,歌窈窕,舞婵娟。

更十岁、太公方出将。又十岁、武公才入相。留盛事,看明年。直须腰下添金印,莫教头上欠貂蝉。向人间,长富贵,地行仙。

❋ 《最高楼 庆洪景卢内翰庆七十》

行李溪头,有钓车茶具,曲几团蒲。儿童认得,前度过者篮舆。时时照影,甚此身、遍满江湖。怅野老,行歌不住,定堪与语难呼。

辛弃疾名篇名句赏读

一自东篱摇落,问渊明岁晚,心赏何如。梅花正自不恶,曾有诗无。知翁止酒,待重教、莲社人沽。空怅望,风流已矣,江山特地愁予。

❋ 《汉宫春 即事》

有酒忘杯,有笔忘诗,弄溪奈何。看纵横斗转,龙蛇起陆,崩腾决去,雪练倾河,袅袅东风,悠悠倒景,摇动云山水又波。还知否,欠菖蒲攒港,绿竹缘坡。

长松谁剪嵯峨。笑野老来耘山上禾。算只因鱼鸟,天然自乐,非关风月,闲处偏多。芳草春深,佳人日暮,濯发沧浪独浩歌。徘徊久,问人间谁似,老子婆娑。

❋ 《沁园春 弄溪赋》

一水西来,千丈晴虹,十里翠屏。喜草堂经岁,重来杜老,斜川好景,不负渊明。老鹤高飞,一枝投宿,长笑蜗牛戴屋行。平章了,待十分佳处,著个茅亭。

青山意气峥嵘。似为我归来妩媚生。解频教花鸟,前歌后舞,更催云水,暮送朝迎。酒圣诗豪,可能无势,我乃而今驾驭卿。清溪上,被山灵却笑,白发归耕。

❋ 《沁园春 再到期思卜筑》

我笑共工缘底怒。触断峨峨天一柱。补天又笑女娲忙,却将此石投闲处。野烟荒草路。先生柱杖来看汝。倚苍苔,摩挲试问,千古几风雨。

长被儿童敲火苦。时有牛羊磨角去。霍然千丈翠岩屏,锵然一滴甘泉乳。结亭三四五。曾相暖热携歌舞。细思量,古来寒士,不遇有时遇。

❈ 《归朝欢 题晋臣敷文积翠岩》

举头西北浮云,倚天万里须长剑。人言此地,夜深长见,斗牛光焰。我觉山高,潭空水冷,月明星淡。待燃犀下看,凭栏却怕,风雷怒,鱼龙惨。

峡束沧江对起,过危楼、欲飞还敛。元龙老矣,不妨高卧,冰壶凉簟。千古兴亡,百年悲笑,一时登览。问何人又卸,片帆沙岸,系斜阳缆。

❈ 《水龙吟 过南剑双溪楼》

只愁风雨重阳,思君不见令人老。行期定否,征车几两,去程多少。有客书来,长安却早,传闻追诏。问归来何日,君家旧事,直须待、为霖了。

从此兰生蕙长,吾谁与、玩兹芳草。自怜拙者,功名相避,去如飞鸟。只有良朋,东阡西陌,安排似巧。到如今巧处,依前又拙,把平生笑。

❈ 《水龙吟 别傅先之提举,时先之有召命》

梨花著雨晚来晴。月胧明。泪纵横。绣阁香浓,深锁凤箫声。未必人知春意思,还独自,绕花行。

酒兵昨夜压愁城。太狂生。转关情。写尽胸中,块磊未全平。却与平章珠玉价,看醉里,锦囊倾。

❋ 《江神子 和人韵》

湘筠帘卷泪痕斑。佩声闲,玉垂环。个里温柔,容我老其间。却笑将车三羽箭,何日去,定天山。

❋ 《江神子 和陈仁和韵》

著意寻春懒便回,何如信步两三杯。山才好处行还倦,诗未成时雨早催。

携竹杖,更芒鞋。朱朱粉粉野蒿开。谁家寒食归宁女,笑语柔桑陌上来。

❋ 《鹧鸪天 鹅湖归病起作》

水底明霞十顷光,天教铺锦衬鸳鸯。最怜杨柳如张绪,却笑莲花似六郎。

❋ 《鹧鸪天 席上再用韵》

漠漠轻阴拨不开。江南细雨熟黄梅。有情无意东边日,已怒重惊忽地雷。

云柱础,水楼台。罗衣费尽博山灰。当时一识和羹味,便道为霖消

辛弃疾名篇名句赏读

息来。

✲ 《鹧鸪天 败棋赋梅雨》

有甚闲愁可皱眉,老怀无绪自伤悲。百年旋逐花荫转,万事长看鬓发知。

溪上枕,竹间棋,怕寻酒伴懒吟诗。十分筋力夸强健,只比年时病起时。

✲ 《鹧鸪天 重九席上再赋》

闲略彴,远浮屠。溪南修竹有茅庐。莫嫌杖履频来往,此地偏宜著老夫。

✲ 《鹧鸪天 石门道中》

莫避春阴上马迟,春来未有不阴时。人情展转闲中看,客路崎岖倦后知。

梅似雪,柳如丝。试听别语慰相思。短篷炊饮鲈鱼熟,除却松江枉费诗。

✲ 《鹧鸪天 送欧阳国瑞入吴中》

鹏北海,凤朝阳。又携书剑路茫茫。明年此日青云去,却笑人间举子忙。

✲ 《鹧鸪天 送廓之秋试》

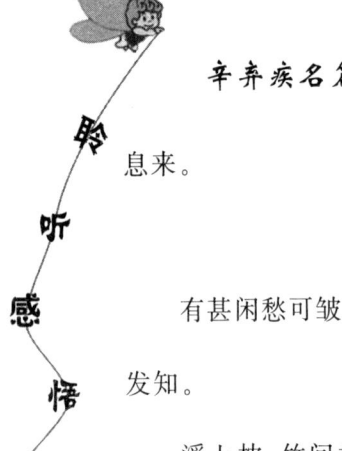

辛弃疾名篇名句赏读

千丈阴崖百丈溪,孤桐枝上凤偏宜。玉音落落虽难合,横理庚庚定自奇。

人散后,月明时。试弹幽愤泪空垂。不如却付骚人手,留和南风解愠诗。

✻ 《鹧鸪天 徐仲惠琴不受》

陌上柔桑破嫩芽,东邻蚕种已生些。平冈细草鸣黄犊,斜日寒林点暮鸦。

山远近,路横斜。青旗沽酒有人家。城中桃李愁风雨,春在溪头荠菜花。

✻ 《鹧鸪天 代人赋》

春日平原荠菜花,新耕雨后落群鸦。多情白发春无奈,晚日青帘酒易赊。

闲意态,细生涯。牛栏西畔有桑麻。青裙缟袂谁家女,去趁蚕生看外家。

✻ 《鹧鸪天 游鹅湖醉书家壁》

千丈清溪百步雷,柴门都向水边开。乱云剩带炊烟去,野水闲将白影来。

穿窈窕,历崔嵬。东林试问几时栽。动摇意态虽多竹,点缀风流却

辛弃疾名篇名句赏读

少梅。

❋ 《鹧鸪天 元溪不见梅》

诗酒社,水云乡。可堪醉墨几淋浪。画图恰似归家梦,千里河山寸许长。

❋ 《鹧鸪天 送元济之归豫章》

明月别枝惊鹊,清风半夜鸣蝉。稻花香里说丰年,听取蛙声一片。

七八个星天外,两三点雨山前。旧时茅店社林边,路转溪头忽见。

❋ 《西江月 夜行黄沙道中》

锦书谁寄相思语,天边数遍飞鸿数。一夜梦千回,梅花入梦来。

涨痕粉树发,霜冷沙洲日。心事莫惊鸥,人间千万愁。

❋ 《菩萨蛮 乙巳冬前间举似前作,因和之》

阮琴斜挂香罗绶,玉纤初试琵琶手。桐叶雨声干,真珠落玉盘。

朱弦调未惯,笑倩春风伴。莫作别离声,且听双凤鸣。

❋ 《菩萨蛮 双韵赋摘阮》

年年金蕊艳西风,人与菊花同。霜鬓经春重绿,仙姿不饮长虹。

焚香度日尽从容,笑语调儿童。一岁一杯为寿,从今更数千钟。

❋ 《朝中措 为人寿》

小窗风雨,从今便忆,中夜笑谈清软。啼鸦衰柳自无聊,更管得、离人肠断。

诗书事业,青毡犹在,头上貂蝉会见。莫贪风月卧江湖,道日近、长安路远。

❋ 《鹊桥仙 和范先之送祐之归浮梁》

松冈避暑,茅檐避雨。闲去闲来几度。醉扶孤石看飞泉,又却是、前回醒处。

东家娶妇,西家归女。灯火门前笑语。酿成千顷稻花香,夜夜费、一天风露。

❋ 《鹊桥仙 乙酉山行书所见》

风雨催春寒食近,平原一片丹青。溪边唤渡柳边行。花飞蝴蝶乱,桑嫩野蚕生。

绿野先生闲袖手,却寻诗酒功名。未知明日定阴晴。今宵成独醉,却笑众人醒。

❋ 《临江仙 即席和韩南涧韵》

住世都无菩萨行,仙家风骨精神。寿如山岳福如云。金花汤沐诰,竹马绮罗群。

更愿升平添喜事,大家祷祝殷勤。明年此地庆佳辰。一杯千岁酒,重拜太夫人。

❋ 《临江仙 为岳母寿》

辛弃疾名篇名句赏读

听我尊前醉后歌,人生亡奈别离何。但使情亲千里近,须信,无情对面是山河。

❊ 《定风波 席上送范先之游建康》

仄月高寒水石乡,倚空青碧对禅床。白发自怜心似铁,风月。使君子细与平章。

已判生涯筇竹杖,来往。却惭沙鸟笑人忙。便好剩留黄绢句,谁赋。银钩小草晚天凉。

❊ 《定风波 再和前韵药名》

春到蓬壶特地晴,神仙队里相公行。翠玉相挨呼小字,须记。笑簪花底是飞琼。

总是倾城来一处,谁妒。谁携歌舞到园亭。柳妒腰肢花妒艳,听看。流莺直是妒歌声。

❊ 《定风波 施枢密席上赋》

百紫千红过了春,杜鹃声苦不堪闻。却解啼教春小住,风雨,空山招得海棠魂。

一似蜀宫当日女,无数。猩猩血染赭罗巾。毕竟花开谁作主,记取。大都花属惜花人。

❊ 《定风波 杜鹃花》

辛弃疾名篇名句赏读

梅子熟时到几回,桃花开后不须猜。重来松竹意徘徊。

惯听禽声浑可谱,饱观鱼阵已能排。晚云挟雨唤归来。

❋ 《浣溪沙 别成上人并送性禅师》

百世孤芳肯自媒,直须诗句与推排。不然唤近酒边来。

自有渊明方有菊,若无和靖即无梅。只今何处向人开。

❋ 《浣溪沙 种梅菊》

未到山前骑马回,风吹雨打已无梅。共谁消遣两三杯。

一似旧时春意思,百无是处老形骸。也曾头上带花来。

❋ 《浣溪沙 漫兴作》

牡丹比得谁颜色。似宫中、太真第一。渔阳鼙鼓边风急,人在沉香亭北。

买栽池馆多何益。莫虚把、千金抛掷。若教解语倾人国,一个西施也得。

❋ 《杏花天 嘲牡丹》

风流标格,惺松言语,真个十分奇绝。三分兰菊十分梅,斗合就、一枝风月。

笙簧未语,星河易转,凉夜厌厌留客。只愁酒尽各西东,更把酒、推辞一霎。

❋ 《鹊桥仙 赠人》

辛弃疾名篇名句赏读

八旬庆会,人间盛事,齐劝一杯春酿。胭脂小字点眉间,犹记得、旧时宫样。

彩衣更著,功名富贵,直过太公以上。大家著意记新词,遇著个、十字便唱。

❋ 《鹊桥仙 为岳母庆八十》

豸冠风采,绣衣声价,曾把经纶少试。看看有诏日边来,便入侍、明光殿里。

东君未老,花明柳媚,且引玉尘沈醉。好将三万六千场,自今日、从头数起。

❋ 《鹊桥仙 寿徐伯熙察院》

轿儿排了,担儿装了,杜宇一声催起。从今一步一回头,怎睚得、一千余里。

旧时行处,旧时歌处,空有燕泥香坠。莫嫌白发不思量,也须有、思量去里。

❋ 《鹊桥仙 送粉卿行》

一杯莫落吾人后,富贵功名寿。胸中书传有余香,看写兰亭小字、记流觞。

问谁分我渔樵席,江海消闲日。看君天上拜恩浓,却恐画楼无处、著东风。

✻ 《虞美人 送赵达夫》

翠屏罗幕遮前后,舞袖翻长寿。紫髯冠佩御炉香,看取明年归奉、万年觞。

今宵池上蟠桃席,咫尺长安日。宝烟飞焰万花浓,试看中间白鹤、驾仙风。

✻ 《虞美人 赵文鼎生日》

意态憨生元自好,学画鸦儿,旧日遍他巧。蜂蝶不禁花引调,西园人去春风少。

春已无情秋又老,谁管闲愁,千里青青草。今夜倩簪黄菊了,断肠明月霜天晓。

✻ 《蝶恋花 用前韵送人行》

谁向椒盘簪彩胜。整整韶华,争上春风鬓。往日不堪重记省,为花长把新春恨。

春未来时先借问。晚恨开迟,早又飘零近。今岁花期消息定,只愁风雨无凭准。

✻ 《蝶恋花 戊申元日立春席间作》

老去怕寻年少伴。画栋珠帘,风月无人管。公子看花朱碧乱。新词搅断相思怨。

辛弃疾名篇名句赏读

凉夜愁肠千百转。一雁西风,锦字何时遣。毕竟啼鸟才思短。唤回晓梦天涯远。

❋ 《蝶恋花 和赵景明知县韵》

七十古来稀,人人都道。不是阴功怎生到。松姿虽瘦,偏耐云寒霜晓看君双鬓底,青青好。

楼雪初晴,庭闱嬉笑。一醉何妨玉壶倒。从今康健,不用灵丹仙草。更看一百岁,人难老。

❋ 《感皇恩 寿范倅》

千丈擎天手,万卷悬河口。黄金腰下印,大如斗。更千骑弓刀,挥霍遮前后。百计千方久。似斗草儿童,赢个他家偏有。

算枉了、双眉长恁皱,白发空回首。那时闲说向,山中友。看丘陇牛羊,更辨贤愚否。且自栽花柳。怕有人来,但只道、今朝中酒。

❋ 《一枝花 醉中戏作》

山城甲子冥冥雨,门外青泥路。杜鹃只是等闲啼,莫被他催归去。垂杨不语,行人去后,也会风前絮。

情知梦里寻鹓鹭,玉殿追班处。怕君不饮太愁生,不是苦留君住。白头自笑,年年送客,自唤春江渡。

❋ 《御街行(山中问盛复之提干行期)

辛弃疾名篇名句赏读

阑干四面山无数。供望眼、朝与暮。好风催雨过山来,吹尽一帘烦暑。纱厨如雾,簟纹如水,别有生凉处。

冰肌不受铅华污。更旎旎、真香聚。临风一曲最妖娇,唱得行人且住。藕花都放,木犀开后,待与剩鸾去。

❋ 《御街行 无题》

溪边照影行,天在清溪底。天上有行云,人在行云里。

高歌谁和余,空谷清音起。非鬼亦非仙,一曲桃花水。

❋ 《生查子 游雨岩》

彩胜斗华灯,平地东风吹却。唤取雪中明月,伴使君行乐。

红旗铁马响春冰,老去此情薄。惟有前村梅在,倩一枝随著。

❋ 《好事近 元夕立春》

玄人参同契,禅依不二门。静看斜日隙中尘。始觉人间何处、不纷纷。

病笑春先老,闲怜懒是真。百般啼鸟苦撩人。除却提壶此外、不堪闻。

❋ 《南歌子 独坐蕉庵》

此身长健,还却功名愿。枉读平生三万卷。满酌金杯听劝。

男儿玉带金鱼,能消几许诗书。料得今宵醉也,两行红袖争扶。

❋ 《清平乐 寿道夫》

辛弃疾名篇名句赏读

清溪奔快,不管青山碍。千里盘盘平世界。更著溪山襟带。

古今陵谷茫茫,市朝往往耕桑。此地居然形胜,似曾小小兴亡。

❁ 《清平乐 题上卢桥》

金玉旧情怀,风月追陪。扁舟千里兴佳哉。不似子猷行半路,却棹船回。

来岁菊花开,记我清杯。西风雁过瑱山台。把似倩他书不到,好与同来。

❁ 《浪淘沙 送子似》

不肯过江东,玉帐匆匆。至今草木忆英雄。唱著虞兮当日曲,便舞春风。

儿女此情同,往事朦胧。湘娥竹上泪痕浓。舜盖重瞳堪痛恨,羽又重瞳。

❁ 《浪淘沙 赋虞美人草》

当年得意如芳草,日日春风好。拔山力尽忽悲歌。饮罢虞兮从此、奈君何。

人间不识精诚苦,贪看青青舞。蓦然敛衽却亭亭。怕是曲中犹带、楚歌声。

❁ 《虞美人 赋虞美人草》

辛弃疾名篇名句赏读

青山非不佳,未解留侬住。赤脚踏沧浪,为爱清溪故。

朝来山鸟啼,劝上山高处。我意不关渠,自要寻兰去。

❋ 《生查子 独游西岩》

宫粉厌涂娇额,浓妆要压秋花。西真人醉忆仙家。飞佩丹霞羽化。

十里芬芳未足,一亭风露先加。杏腮桃脸费铅华。终惯秋蟾影下。

❋ 《西江月 赋丹桂》

独立苍茫醉不归。日暮天寒,归去来兮。探梅踏雪几何时。今我来思,杨柳依依。

白石江头曲岸口。一片闲愁,芳草萋萋。多情山鸟不须啼。桃李无言,下自成蹊。

❋ 《一剪梅 游蒋山呈叶丞相》

人间反覆成云雨,凫雁江湖来又去。十千一斗饮中仙,一百八盘天上路。

旧时枫叶吴江句,今日锦囊无著处。看封关外水云侯,剩按山中诗酒部。

❋ 《玉楼春 再和》

隔户语春莺,才挂帘儿敛袂行。渐见凌波罗袜步,盈盈。随笑随颦百媚生。

辛弃疾名篇名句赏读

著意听新声,尽是司空自教成。今夜酒肠还道窄,多情。莫放笼纱蜡炬明。

❋ 《南乡子 无题》

登山临水送将归。悲莫悲兮生别离,不用登临怨落晖。昔人非,惟有年年秋雁飞。

❋ 《忆王孙 集句》

姚魏名流。年年揽断,雨恨风愁。解释春光,剩须破费,酒令诗筹。

玉肌红粉温柔。更染尽、天香未休。今夜簪花,他年第一,玉殿东头。

❋ 《柳梢青 赋牡丹》

翡翠楼前芳草路,宝马坠鞭曾驻。最是周郎顾,尊前几度歌声误。

望断碧云空日暮,流水桃源何处。闻道春归去,更无人管飘红雨。

❋ 《惜分飞 春思》

倾国无媒,入宫见妒,古来颦损蛾眉。看公如月,光彩众星稀。袖手高山流水,听群蛙、鼓吹荒池。文章手,直须补衮,藻火粲宗彝。

痴儿。公事了,吴蚕缠绕,自吐余丝。幸一枝粗稳,三径新治。且约湖边风月,功名事、欲使谁知。都休问,英雄千古,荒草没残碑。

❋ 《满庭芳 和洪丞相景伯韵》

辛弃疾名篇名句赏读

西崦斜阳,东江流水,物华不为人留。铮然一叶,天下已知秋。屈指人间得意,问谁是、骑鹤扬州。君知我,从来雅意,未老已沧州。

无穷身外事,百年能几,一醉都休。恨儿曹抵死,谓我心忧。况有溪山杖履,阮籍辈、须我来游。还堪笑,机心早觉,海上有惊鸥。

❋ 《满庭芳 和昌父》

花知否,花一似何郎。又似沉东阳。瘦棱棱地天然白,冷清清地许多香。笑东君,还又向,北枝忙。

著一阵、霎时间底雪。更一个、缺些儿底月。山下路,水边墙。风流怕有人知处,影儿守定竹旁厢。且饶他,桃李趁,少年场。

❋ 《最高楼 客有败棋者,代赋梅》

君听取,尺布尚堪缝,斗粟也堪舂。人间朋友犹能合,古来兄弟不相容。棣华诗,悲二叔,吊周公。

长叹息、脊令原上急。重叹息、豆萁煎正泣。形则异,气应同。周家五世将军后,前江千载义居风。看明朝,丹凤诏,紫泥封。

❋ 《最高楼 闻前冈周氏旌表有期》

乱云扰扰水潺潺。笑溪山,几时闲。更觉桃源,人去隔仙凡。万壑千岩楼外雪,琼作树,玉为栏。

倦游回首且加餐。短篷寒,画图间。见说娇颦,拥髻待君看。二月

辛弃疾名篇名句赏读

东湖湖上路,官柳嫩,野梅残。

❋ 《江神子 送元济之归豫章》

路傍人怪问,此隐者、姓陶不。甚黄菊如云,朝吟暮醉,唤不回头。纵无酒成怅望,只东篱、搔首亦风流。与客朝餐一笑,落英饱便归休。

古来尧舜有巢由,江海去悠悠。待说与佳人,种成香草,莫怨灵修。我无可无不可,意先生、出处有如丘。闻道问津人过,杀鸡为黍相留。

❋ 《木兰花慢 题广文克明菊隐》

旧时楼上客,爱把酒、向南山。笑白发如今,天教放浪,来往其间。登楼更谁念我,却回头、西北望层栏。云雨珠帘画栋,笙歌雾鬓云鬟。

近来堪入画图看,父老愿公欢。甚拄笏悠然,朝来爽气,正尔相关。难忘使君后日,便一花一草报平安。与客携壶且醉,雁飞秋影江寒。

❋ 《木兰花慢 题上饶郡圃翠微楼》

停云霭霭,八表同昏,尽日时雨蒙蒙。搔首良朋,门前平陆成江。春醪湛湛独抚,限弥襟、闲饮东窗。空延伫,恨舟车南北,欲往何从。

叹息东园佳树,列初荣枝叶,再竞春风。日月于征,安得促席从容。翩翩何处飞鸟,息庭树、好语和同。当年事,同几人、亲友似翁。

❋ 《声声慢 隐括渊明停云诗》

长恨复长恨,裁作短歌行。何人为我楚舞,听我楚狂声。余既滋兰

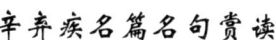

九畹,又树蕙之百亩,秋菊更餐英。门外沧浪水,可以濯吾缨。

一杯酒,问何似,身后名。人间万事,毫发常重泰山轻。悲莫悲生离别,乐莫乐新相识,儿女古今情。富贵非吾事,归与白鸥盟。

❄ 《水调歌头 壬子被召,端仁相饯席上作》

四坐且勿语,听我醉中吟。池塘春草未歇,高树变鸣禽。鸿雁初飞江上,蟋蟀还来床下,时序百年心。谁要卿料理,山水有清音。

欢多少,歌长短,酒浅深。而今已不如昔,后定不如今。闲处直须行乐,良夜更教秉烛,高曾惜分阴。白发短如许,黄菊倩谁簪。

❄ 《水调歌头 醉吟》

翠浪吞平野。挽天河、谁来照影,卧龙山下。烟雨偏宜晴更好,约略西施未嫁。待细把、江山图画。千顷光中堆滟滪,似扁舟、欲下瞿塘马。中有句,浩难写。

诗人例入西湖社。记风流、重来手种,绿荫成也。陌上游人夸故国,十里水晶台榭。更复道、横空清夜。粉黛中洲歌妙曲,问当年、鱼鸟无存者。堂上燕,又长夏。

❄ 《贺新郎 福州游西湖》

我见君来,顿觉吾庐,溪山美哉。怅平生肝胆,都成楚越,只今胶漆,谁是陈雷。搔首踟蹰,爱而不见,要得诗来渴望梅。还知否,快清风人手,日看千回。

直须抖擞尘埃。人怪我柴门今始浚攥踏破苍苔。岂有文章,谩劳车马,待唤青刍白饭来。君非我,任功名意气,莫恁徘徊。

❋ 《沁园春 和吴尉子似》

蜗角斗争,左触右蛮,一战连千里。君试思、方寸此心微。总虚空、并包无际。喻此理。何言泰山毫末,从来天地一稊米。嗟大少相形,鸠鹏自乐,之二虫又何知。记跖行仁义孔丘非。更殇乐长年老彭悲。火鼠论寒,冰蚕语热,定谁同异。

噫。贵贱随时。连城才换一羊皮。谁与齐万物,庄周吾梦见之。正商略遗遍,翻然顾笑,空堂梦觉题秋水。有客问洪河,百川灌雨,湿流不辨涯涘。於是焉河伯欣然喜。以天下之美尽在己。渺沧溟望洋东视。逡巡向若惊叹,谓我非逢子。大方达观之家,未免长见,犹然笑耳。北堂之水几何其。但清溪一曲而已。

❋ 《哨遍 秋水观》

为沽美酒,过溪来、谁道幽人难致。更觉元龙楼百尺,湖海平生豪气。自叹年来,看花索句,老不如人意。东风归路,一川松竹如醉。

怎得身似庄周,梦中蝴蝶,花底人间世。记取江头三月暮,风雨不为春计。万斛愁来,金貂头上,不抵银瓶贵。无多笑我,此遍聊当宾戏。

❈ 《念奴娇 和赵录国与韵》

绿荫啼鸟,阳关未彻早催归。歌珠凄断累累。回首海山何处,千里共襟期。叹高山流水,弦断堪悲。

中心怅而。似风雨、落花知。更拟停云君去,细和陶诗。见君何日,待琼林、宴罢醉归时。人争看、宝马来思。

❈ 《婆罗门引 用韵别郭逢道》

白露园蔬,碧水溪鱼。笑先生、网钓还锄。小窗高卧,风展残书。看北山移,盘谷序,辋川图。

白饭青刍,赤脚长须。客来时、酒尽重沽。听风听雨,吾爱吾庐。笑本无心,刚自瘦,此君疏。

❈ 《行香子 山居客至》

昨日春如,十三女儿学绣。一枝枝、不教花瘦。甚无情,便下得,雨僝风僽。向园林、铺作地衣红绉。

而今春似,轻薄荡子难久。记前时、送春归后。把春波,都酿作,一江春酎。约清愁、杨柳岸边相候。

❈ 《粉蝶儿 和赵晋臣敷文赋落花》

春色难留,酒杯常浅。把旧恨、新愁相间。五更风,千里梦,看飞红

辛弃疾名篇名句赏读

几片,这般庭院。

几许风流,几般娇懒。问相见、何如不见。燕飞忙,莺语乱。恨重帘不卷,翠屏平远。

❖ 《锦帐春 席上和叔高韵》

几个相知可喜,才厮见、说山说水。颠倒烂熟只这是。怎奈向,一回说,一回美。

有个尖新底,说底话、非名即利。说得口干罪过你。且不罪,俺略起,去洗耳。

❖ 《夜游宫 苦俗客》

身世酒杯中,万事皆空。古来三五个英雄。雨打风吹何处是,汉殿秦宫。

梦入少年丛,歌舞匆匆。老僧夜半误鸣钟。惊志西窗眠不得,卷地西风。

❖ 《浪淘沙 山寺夜半闻钟》

何处娇魂瘦影,向来软语柔情。有时醉里唤卿卿。却被傍人笑问。

❖ 《西江月 题可卿影像》

少年不识愁滋味,爱上层楼。爱上层楼。为赋新词强说愁。

而今识尽愁滋味,欲说还休。欲说还休。却道天凉好个秋。

❖ 《丑奴儿 书博山道中壁》

少日春风满眼,而今秋叶辞柯。便好消磨心下事,莫忆寻常醉后歌。

可怜白发多。

明日扶头颠倒,倩谁伴舞婆娑。我定思君拚瘦损,君不思兮可奈何。天寒将息呵。

❋ 《破阵子 赠行》

莫说弓刀事业,依然诗酒功名。千载图中今古事,万石溪头长短亭。小塘风浪平。

❋ 《破阵子 硖石道中有怀吴子似县尉》

少日犹堪话别离,老来怕作送行诗。极目南云无过雁。君看。梅花也解寄相思。

❋ 《定风波 三山送卢国华,约上元重来》

去卫灵公,遭桓司马。东西南北之人也。长沮桀溺耦而耕,丘何为是栖栖者。

❋ 《踏莎行 赋稼轩,集经句》

春已归来,看美人头上,袅袅春幡。无端风雨,未肯收尽余寒。年时燕子,料今宵、梦到西园。浑未办、黄柑荐酒,更传青韭堆盘。

却笑东风从此,便薰梅染柳,更没些闲。闲时又来镜里,转变朱颜。清愁不断,问何人、曾解连环。生怕见、花开花落,朝来塞雁先还。

❋ 《汉宫春 立春日》

辛弃疾名篇名句赏读

山下千林花太俗,山上一枝看不足。春风正在此花边,菖蒲自蘸清溪绿。与花同草木,问谁风雨飘零速。莫怨歌,夜深岩下,惊动白云宿。

病怯残年频自卜,老爱遗编难细读。苦无妙手画於菟,人间雕刻真成鹄。梦中人似玉,觉来更忆腰如束。许多愁,问君有酒,何不日丝竹。

❋ 《归朝欢》

古道行人来去,香红满树,风雨残花。望断青山,高处都被云遮。客重来、风流觞咏,春已去、光景桑麻。苦无多,一条垂柳,两个啼鸦。

人家。疏疏翠竹,荫荫绿树,浅浅寒沙。醉兀篮舆,夜来豪饮太狂些。到如今、都齐醒却,只依旧、无奈愁何。试听呵。寒食近也,且住为佳。

❋ 《玉蝴蝶 追别杜叔高》

一自酒情诗兴懒,舞裙歌扇阑珊。好天良夜月团团。杜陵真好事,留得一钱看。

岁晚人欺程不识,怎教阿堵留连。杨花榆荚雪漫天。从今花影下,只看绿苔圆。

❋ 《临江仙 侍者阿钱将行,赋钱字以赠之》

鼓子花开春烂漫,荒园无限思量。今朝拄杖过西乡。急呼桃叶渡,为看牡丹忙。

辛弃疾名篇名句赏读

不管昨宵风雨横,依然红紫成行。白头陪奉少年场。一枝簪不住,推道帽檐长。

❋ 《临江仙 簪花屡堕戏作》

散发披襟处,浮瓜沈李杯。涓涓流水细侵阶。凿个池儿,唤个月儿来。

画栋频摇动,红葵尽倒开。斗匀红粉照香腮。有个人人,把做镜儿猜。

❋ 《南歌子 新开池,戏作》

桃李风前多妩媚,杨柳更温柔。唤取笙歌烂熳游。且莫管闲愁。

好趁春晴连夜赏,雨便一春休。草草杯盘不要收。才晓便扶头。

❋ 《武陵春》

浓紫深红一画图,中间更著玉盘盂。先裁翡翠装成盖,更点胭脂染透酥。

香潋滟,锦模糊,主人长得醉工夫。莫携弄玉栏边去,羞得花枝一朵无。

❋ 《鹧鸪天 再赋》

老病那堪岁月侵,霎时光景值千金。一生不负溪山债,百药难治书史淫。

辛弃疾名篇名句赏读

随巧拙,任浮沉,人无同处面如心。不妨旧事从头记,要写行藏入笑林。

❋ 《鹧鸪天 不寐》

不向长安路上行,却教山寺厌逢迎。味无味处求吾乐,材不材间过此生。

宁作我,岂其卿,人间走遍却归耕。一松一竹真朋友,山鸟山花好弟兄。

❋ 《鹧鸪天 博山寺作》

万事几时足,日月自西东。无穷宇宙,人是一粟太仓中。一葛一裘经岁,一钵一瓶终日,老子旧家风。更著一杯酒,梦觉大槐宫。

记当年,味腐鼠,叹冥鸿。衣冠神武门外,惊倒几儿童。休说须弥芥子,看取鹍鹏斥鷃,小大若为同。君欲论齐物,须访一枝翁。

❋ 《水调歌头 题永丰杨少游提点一枝堂》

看公风骨,似长松磊落,多生奇节。世上儿曹都蓄缩,冻芋旁堆秋蔌。结屋溪头,境随人胜,不是江山别。紫云如阵,妙歌争唱新阕。

尊酒一笑相逢,与公臭味,菊茂兰须悦。天上四时调玉烛,万事宜询黄发。看取东归,周家叔父,手把元龟说。祝公长似,十分今夜明月。

❋ 《念奴娇 晋臣十月望生日,自赋词,属余和韵》

辛弃疾名篇名句赏读

两轮屋角走如梭。太忙些,怎禁他。拟倩何人,天上劝羲娥。何似从容来小住,倾美酒,听高歌。

人生今古不须磨。积教多,似尘沙。未必坚牢,划地事堪嗟。漫道长生学不得,学得后,待如何。

❈ 《江神子 侍者请先生赋词自寿》

怪底寒梅,一枝雪里,直恁愁绝。问讯无言,依稀似妒,天上飞英白。江山一夜,琼瑶万顷,此段如何妒得。细看来,风流添得,自家越样标格。

晓来楼上,对花临镜,学作半妆宫额。著意争妍,那知却有,人妒花颜色。无情休问,许多般事,且自访梅踏雪。待行过溪桥,夜半更邀素月。

❈ 《永遇乐 赋梅雪》

烈日秋霜,忠肝义胆,千载家谱。得姓何年,细参辛字,一笑君听取。艰辛做就,悲辛滋味,总是辛酸辛苦。更十分,向人辛辣,椒桂捣残堪吐。

世间应有,芳甘浓美,不到吾家门户。比著儿曹,累累却有,金印光垂组。付君此事,从今直上,休忆对床风雨。但赢得,靴纹绉面,记余戏语。

❈ 《永遇乐 戏赋辛字送十二弟赴调》

欲上高楼去避愁,愁还随我上高楼。经行几处江山改,多少亲朋尽

辛弃疾名篇名句赏读

白头。

归休去,去归休,不成人总要封侯。浮云出处元无定,得似浮云也自由。

❋ 《鹧鸪天》

一片归心拟乱云,春来谙尽恶黄昏。不堪向晚檐前雨,又待今宵滴梦魂。

炉烬冷,鼎香氛,酒寒谁遣为重温。何人柳外横双笛,客耳那堪不忍闻。

❋ 《鹧鸪天》

身后功名,古来不换生前醉。青鞋自喜。不踏长安市。

竹外僧归,路指霜钟寺。孤鸿起。丹青手里。剪破松江水。

❋ 《点绛唇》

秀骨青松不老,新词玉佩相磨。灵槎准拟泛银河。剩摘天星几个。

奠枕楼东风月,驻春亭上笙歌。留君一醉意如何。金印明年斗大。

❋ 《西江月 为范南伯寿》

醉里挑灯看剑,梦回吹角连营。八百里分麾下炙,五十弦翻塞外声。沙场秋点兵。

马作的卢飞快,弓如霹雳弦惊。了却君王天下事,赢得生前身后名。

辛弃疾名篇名句赏读

可怜白发生。

❋ 《破阵子 为陈同甫赋壮语以寄》

醉里且贪欢笑,要愁那得工夫。近来始觉古人书,信著全无是处。

昨夜松边醉倒,问松我醉何如。只疑松动要来扶,以手推松曰去。

❋ 《西江月 遣兴》

盗跖傥名丘,孔子还名跖。跖圣丘愚直至今,美恶无真实。

简册写虚名,蝼蚁侵枯骨。千古光阴一霎时,且进杯中物。

❋ 《卜算子 饮酒败德》

一以我为牛,一以吾为马。人与之名受不辞,善学庄周者。

江海任虚舟,风雨从飘瓦。醉者乘车坠不伤,全得於天也。

❋ 《卜算子 用庄语》

千古江山,英雄无觅,孙仲谋处。舞榭歌台,风流总被,雨打风吹去。斜阳草树,寻常巷陌,人道寄奴曾住。想当年,金戈铁马,气吞万里如虎。

元嘉草草,封狼居胥,赢得仓皇北顾。四十三年,望中犹记,烽火扬州路。可堪回首,佛狸祠下,一片神鸦社鼓。凭谁问,廉颇老矣,尚能饭否?

❋ 《永遇乐 京口北固亭怀古》

辛弃疾名篇名句赏读

东南形胜,人物风流,白头见君恨晚。便觉君家叔度,去人未远。长怜士元骥足,道直须、别驾方展。问个里,待怎么销杀,胸中万卷。

况有星辰剑履,是传家合在,玉皇香案。零落新诗,我欠可人消遣。留君再三不住,便直饶、万家泪眼。怎抵得,这眉间、黄色一点。

❋ 《声声慢 送上饶黄倅职满赴调》

秦望山头,看乱云急雨,倒立江湖。不知云者为雨,雨者云乎。长空万里,被西风、变灭须臾。回首听,月明天籁,人间万窍号呼。

谁向若耶溪上,倩美人西去,麋鹿姑苏。至今故国人望,一舸归欤。岁去暮矣,问何不、鼓瑟吹竽。君不见,王亭谢馆,冷烟寒树啼乌。

❋ 《汉宫春 会稽蓬莱阁怀古》

亭上秋风,记去年袅袅,曾到吾庐。山河举目虽异,风景非殊。功成者去,觉团扇、便与人疏。吹不断,斜阳依旧,茫茫禹迹都无。

千古茂陵词在,甚风流章句,解拟相如。只今木落江冷,眇眇愁余。故人书报,莫因循、忘却莼鲈。谁念我,新凉灯火,一编太史公书。

❋ 《汉宫春 会稽秋风亭观雨》

心似孤僧,更茂林修竹,山上精庐。维摩定自非病,谁遣文殊。白头自昔,叹相逢、语密情疏。倾盖处,论心一语,只今还有公无。

最喜阳春妙句,被西风吹堕,金玉铿如。夜来归梦江上,父老欢予。

辛弃疾名篇名句赏读

荻花深处,唤儿童、吹火烹鲈。归去也,绝交何必,更修山巨源书。

✤ 《汉宫春 答李兼善提举和章》

达则青云,便玉堂金马,穷则茅庐。逍遥小大自适,鹏鷃何殊。君如星斗,灿中天、密密疏疏。荒草外,自怜萤火,清光暂有还无。

千古季鹰犹在,向松江道我,问讯何如。白头爱山下去,翁定嗔予。人生谩尔,岂食鱼、必鲙之鲈。还自笑,君诗顿觉,胸中万卷藏书。

✤ 《汉宫春 答吴子似总斡和章》

何处望神州?满眼风光北固楼。千古兴亡多少事?悠悠。不尽长江滚滚流。

年少万兜鍪。坐断东南战未休,天下英雄谁敌手?曹刘。生子当如孙仲谋。

✤ 《南乡子 登京口北固亭有怀》

美学十论

辛弃疾名篇名句赏读

臣闻事未至而预图，则处之常有于；事既至而后计，则应之常不足。虏人凭陵中夏，臣子思酬国耻，普天率土，此心未尝一日忘。臣之家世，受廛济南，代膺阃寄荷国厚恩。大父臣赞，以族众拙于脱身，被污虏官，留京师，历宿亳，涉沂海，非其志也。每退食，辄引臣辈登高望远，指画山河，思投衅而起，以纾君父所不共戴天之愤。

❋ 《总叙》

不幸变生肘腋，事乃大谬。负抱愚忠，填郁肠肺。官闲心定，窃伏思念：今日之事，朝廷一于持重以为成谋，虏人利于尝试以为得计，故和战之权常出于敌，而我特从而应之。是以燕山之和未几而京城之围急，城下之盟方成而两宫之狩远。秦桧之和反以滋逆亮之狂。彼利则战，倦则和，诡谲狙诈，我实何有。

❋ 《总叙》

臣窃谓恢复自有定谋，非符离小胜负之可惩，而朝廷公卿过虑、不言兵之可惜也。古人言不以小挫而沮吾大计，正以此耳。

❋ 《总叙》

恭惟皇帝陛下。聪明神武，灼见事机，虽光武明谋，宪宗果断，所难比拟。一介丑虏尚劳宵旰，此正天下之士献谋效命之秋。臣虽至陋，何能有知，徒以忠愤所激，不能自已。

❋ 《总叙》

辛弃疾名篇名句赏读

惟陛下留乙夜之神,臣先物之机,志在必行,无惑群议,庶乎"雪耻酬百王,除凶报千古"之烈无逊于唐太宗。典冠举衣以复韩侯,虽越职之罪难逃;野人美芹而献于君,亦爱主之诚可取。惟陛下赦其狂僭而怜其愚忠,斧质余生实不胜万幸万幸之至。

❋ 《总叙》

用兵之道,形与势二。不知而一之,则沮于形、眩于势,而胜不可图,且坐受毙矣。何谓形?小大是也。何谓势?虚实是也。土地之广,财赋之多,士马之众,此形也,非势也。形可举以示威,不可用以必胜。譬如转嵌岩于千仞之山,轰然其声,巍然其形,非不大可畏也;然而堑留木柜,未容于直,遂有能迂回而避御之,至力杀形禁,则人得跨而逾之矣。若夫势则不然,有器必可用,有用必可济。譬如注矢石于高墉之上,操纵自我,不系于人,有轶而过者,抨击中射惟意所向,此实之可虑也。自今论之:虏人虽有嵌岩可畏之形,而无矢石必可用之势,其举以示吾者,特以威而疑我也;未欲用以求胜者,固知其未必能也。彼欲致疑,吾且信之以为可疑;彼未必能,吾且意其或能;是亦未详夫形、势之辨耳。

❋ 《审势》

臣亦闻古之善觇人国者,如良医之切脉,知其受病之处而逆其必殒之期，初不为肥瘠而易其智。

✽ 《审势》

官渡之师，袁绍未遽弱也，曹操见之以为终且自毙者，以嫡庶不定而知之也。咸阳之都，会稽之游，秦尚自强也，高祖见之以为当如是矣，项籍见之以为可取而代之者，以民怨已深而知之。

✽ 《审势》

盖国之亡，未有如民怨、嫡庶不定之酷，虏今并有之，欲不亡何待臣故曰：“形与势异”。

✽ 《审势》

两敌相持，无以得其情则疑，疑故易骇，骇而应之必不能详；有以得其情则定，定故不可惑，不可惑而听彼之自扰，则权常在我而敌实受其弊矣。古之善用兵者，非能务为必胜，而能谋为不可胜。盖不可胜者乃所以徐图必胜之功也。我欲胜彼，彼亦志于胜，谁肯处其败？胜败之情战于中，而胜败之机未有所决。彼或以兵来，吾敢谓其非张虚声以耀我乎？彼或以兵遁，吾敢谓其非匿形以诱我乎？是皆未敢也。然则如之何？曰：“权然后知轻重，度而后知长短”，定故也。“他人有心，与忖度之”，审故也。能定而审，敌情虽万里之远可定察矣。今吾藏战于守，未战而长为必战之待；寓胜于战，未胜而常有必胜之理。彼诚虚声以耀我，我以静应而不轻动;彼诚匿形以诱我,我有素备而不可乘;胜败既不能为吾乱,则故神闲而气定矣。然后徐以吾之心度彼之情,吾犹是彼亦犹是,南北虽有异虑,休戚岂有异趣哉!

❋ 《察情》

曩者兀朮之死,固尝嘱其徒使入我和,曰:"韩、张、刘、岳,近皆习兵,恐非若辈所敌。"则是其情意欲和矣。然而未尝不进而求战者,计出于忌我而要我也。

❋ 《察情》

今日之事,揆诸虏情,是有三不敢必战,二必欲尝试。何以言之?空国之师,商鉴不远,彼必不肯再用危道,万一猖獗,特不过调沿边戍卒而已,戍卒岂能必其胜,此一不敢必战也。海、泗、唐、邓等州,吾既得之,彼用兵三年而无成,则我有攻守之士,而虏人已非前日之比,此二不敢必战也。契丹诸胡侧目于其后,中原之士扼腕于其前,令之虽不得不从,从之未必不反,此三不敢战也。有三不敢必战之形,惧吾之窥其弱而绝岁币,则其势不得不张大以要我,此一欲尝试也。贪而志欲得,求不能充其所欲,心惟务于侥幸,谋不暇于万全,此二欲尝试也。

❋ 《察情》

彼于高丽、西夏,气足以吞之,故于其使之至也,坦然待之而无他;惟

辛弃疾名篇名句赏读

吾使命之去,则多方腆鲜,曲意防备。如人见牛羊未尝作色,而遇虎豹则厉声奋臂以加之,此又足以见其深有忌于我也。彼知有忌,我独无忌哉!我之所忌不在于虏欲必战,而在于虏幸胜以逾淮,而遂守淮以困我,则吾受其疾矣。

❉ 《察情》

不求敌情之知,而观彼虚声诡势以为进退者,非特在困吾力,且失夫致胜之机为可惜。臣故曰:"知敌之情而为之处者,绰绰乎其有余矣。"

❉ 《察情》

自古天下离合之势常系乎民心,民心叛服之由实基于喜怒。喜怒之方形,视之若未有休戚;喜怒之既积,离合始决而不可制矣。何则?喜怒之情有血气者皆有之;饱而愉,暖而适,遽使之饥寒则怨;仰而事,俯而育,遽使之捐弃则痛;冤而求伸,愤而求泄,至于无所控告则怒;怨深痛巨而怒盈,服则合,叛则离。秦汉之际,离合之变,于此可以观矣。秦人之法惨刻凝密,而汉则破觚为圜,与民休息,天下不得不喜汉而怒秦。怒之方形,秦自若也;怒之既积,则喜而有所属,秦始不得自保,遂离而合于汉矣。

❉ 《观衅》

曩者民习于治而不知兵,不意之祸如蜂虿作于杯袖,智者不暇谋,勇

辛弃疾名篇名句赏读

者不及怒。自乱离以来，心安于斩伐而力闲于攻守，虏人虽暴，有王师为之援，民心坚矣。冯妇虽攘臂，其为士笑之。孟子曰："为汤武驱民者，桀与纣也。"臣亦谓今之中原离合之衅已开，虏人不动则已，诚动焉，是特为陛下驱民而已。惟静以待之，彼不亡何待！

❋ 《观衅》

臣闻今之论天下者皆曰："南北有定势，吴楚之脆弱不足以争衡于中原。"臣之说曰："古今有常理，夷狄之腥秽不可以久安于华夏。"

❋ 《自治》

至于南唐吴越之时，适当圣人之兴，理固应耳，无足怪者。由此观之，所遭者然，非定势也。

❋ 《自治》

且方今南北之势，较之彼时亦大异矣。地方万里而劫于夷狄之一姓，彼其国大而上下交征，政庞而华夷相怨，平居无事，亦规规然模仿古圣贤太平之事以诳乱其耳目，事以其国可以言静而不可以言动，其民可与共安而不可与共危，非如晋末诸戎四分五裂，若周秦之战国，唐季之藩镇，皆家自为国，国自为敌，而贪残吞噬、剽悍劲勇之习纯用而不杂也。且六朝之君，其祖宗德泽涵养浸渍之难忘，而中原民心眷恋依依而不去者，又非得为今日比。臣故曰："较之彼时，南北之势大异矣。"

❋ 《自治》

故臣愿陛下姑以光复旧物而自期,不以六朝之势而自卑,精心强力,日语二三大臣讲求古今南北之势,知其不侔而不为之惑,则臣固当为陛下言自治之策。

❋ 《自治》

天下有战形矣,然后三军有所怒而思奋,中原有所恃而思乱,陛下间取其二百余万缗者以资吾养兵赏劳之费,岂不为朝廷之利乎!然此二者在今日未可遽行。臣观虏人之情,玩吾之重战,而所求未能充其欲,不过一二年必以战而要我,苟因其要我而遂绝之,则彼亦将自沮,而权固在我矣。

❋ 《自治》

臣窃观陛下圣文神武同符祖宗,必将凌跨汉唐、鞭笞异类,然后为称,岂能郁郁久居此者乎?臣愿陛下酌古以御今,无惑于纷纭之论,则恢复之功可必其有成。

❋ 《自治》

古人云:"谋及卿士,谋及庶人。"又曰:"作屋道边,三年不成。"盖谋贵众、断贵独,惟陛下深察之。

❋ 《自治》

辛弃疾名篇名句赏读

臣闻用兵之道，无所不备则有所必分，知所必守则不必皆备。何则？精兵骁骑，十万之屯，山峙雷动，其势自雄，以此为备则其谁敢乘？离屯为十，屯不过万，力寡气沮，以此为备则备不足恃。此聚屯分屯之利害也。臣尝观两淮之战，皆以备多而力寡，兵慑而气沮，奔走于不必守之地，而撄虏人远斗之锋，故十战而九败。其所以得画江而守者，幸也。且今虏人之情，臣固以论之矣，要不过以成兵而入寇，幸成功而无内祸；使之逾淮，将有民而扰之，有城而守之，则始足以为吾患。夫守江而丧淮，吴、陈、南唐之事可见也。且我入彼出，我出彼入，况日持久，何事不生？

❋ 《守淮》

为是策者，在于彼能入吾之地，而不能得吾之战；彼能攻吾之城，吾能出彼之地。然而非备寡力专则不能也。

❋ 《守淮》

不恃敌之不敢攻，而恃吾能攻彼之所必救也。

❋ 《守淮》

我得中原，而箪壶迎降，民心自固，且将不为吾守乎？如此则在我者甚坚，而在彼者甚瑕。全吾所甚坚，攻彼所甚瑕，此臣所谓兵交而必亟去，兵去而不敢复犯者此也。呜呼！安得斯人而与之论天下之哉！

❋ 《守淮》

辛弃疾名篇名句赏读

市井无赖小人,为其懒而不事事,而迫于饥寒,故甘捐躯于军伍,以就衣食而苟闲纵,一旦警急,擐甲操戈以当矢石,其心固偃然自分曰:"向者吾无事而幸饱暖于官,今焉官有事而责死力于我。"且战胜犹有累资补秩之望,故安之而不辞;今遽而使之屯田,是则无事而不免耕耘之苦,有事而又履夫攻守之危,彼必曰:"吾能耕以食,岂不能从富民租佃以为生,而轻失身于黥戮?上驱我于万死,岂不能捐谷帛以养我,而重役我以辛勤?"不平之气无所发泄,再畎亩则邀自耕自食,官何用我焉。是诚未睹夫享成之利也。鲁莽灭裂,徒费粮种,只见有害,未闻获利,此未为策之善。

✤ 《屯田》

向者之兵怠惰而不尽力,向者之吏苟且而应故事。不如籍归正军民厘为保伍,则归正不厘务官擢为长贰,使之专董其事。且彼自虏中被签而来,耒耨之事盖所素习。且其生同乡井,其情相得,上令下从,不至生事。

✤ 《屯田》

盖今所谓御前诸军者,待之素厚而仰之素优,故骄。骄则不可复使,此甚易晓也。若夫州郡之卒异于是。彼非天子爪牙之故,可以劳之而不怨,而其大半出于农桑失业之徒,故狎于野而不怨。

✤ 《屯田》

辛弃疾名篇名句赏读

昔商之顽民相率为乱,周公不诛而迁之洛邑,曰:"商之臣工,乃湎于酒,勿庸杀之,姑惟教之。"其后康王命毕公,又曰:"不臧厥臧,民罔攸劝。"始则迁其顽而教之,终则择其善而用之。圣人治天下未尝绝物固如此。

❋ 《屯田》

将骄卒惰,无事则已,有事而其弊犹耳,则望贼先遁,临敌遂奔,几何而不败国家事。

❋ 《致勇》

人君责成于宰相,宰相身任乎天下,可不有以深探其情而逆为之处乎!盖人莫不重死,惟有以致其勇,则惰者奋、骄者耸,而死有所不敢避。呜呼!此正鼓舞天下之至术也。

❋ 《致勇》

彼为将者心有所忌,而文臣亦因之识行阵、谙战守,缓急均可以备边城之寄;而将帅临敌,有可进而攻之之便,彼知缙绅之士亦识兵家利害,必不敢依违养贼以自封而遗国家之患。此之谓均任而投其所忌。

❋ 《致勇》

凡人之情,未得志则冒死以求富贵,已得志则保富贵而重其生。古人论御将者以才之大小为辨,谓御大才者如养骐骥,御小才者如养鹰犬。

辛弃疾名篇名句赏读

然今之将帅岂皆其才大者,要之饱则飞去亦有如鹰者焉!向者虹县海道之师,有得一邑、破数舰而遽以节钺,使相与之者,是其事也。

✱ 《致勇》

人莫不恶死,亦莫不有父母妻拏之爱,冒万死、幸一生,所谓奇功斩获者有一资半级之望,朝廷较其毫厘而裁抑之,赏定而付之于军,则胥吏轧之、主将邀之,不得利不与。敌去师捷,主将享大富贵,而士卒有一命又复沮格如此,不幸而死,妻离子散,香火萧然,万事瓦解;未死者见之,谁不生心?兵法曰:"军赏不逾时",而古之贤将盖有为士卒裹创恤孤者。

✱ 《致勇》

古之为国者,其虑敌深,其防患密。故常不吝爵赏以笼络天下智勇辩力之士,而不欲一夫有忧愁怨怼亡聊不平之心以败吾事。盖人之有智勇辩力者,士皆天民之秀杰者,类不肯自己,苟大而不得见用于世,小而又饥寒于其身,则其求逞之志果于毁名败节,凡可以纾忿充欲者无所不至矣。是以敌国相持,胜负未决;一夫不平,输情于敌,则吾之所忌彼知而投之,吾之所长彼习而用之;投吾所忌,用吾所长,是始益敌资而遗敌胜耳,不可不察。传曰:"谨备于其外,患生于其内。"正圣人所以深致意而庸人以为不足虑也。

✱ 《防微》

辛弃疾名篇名句赏读

纵之而不加制,玩之而不加恤,恐他日万一有如先朝张源、吴昊之西奔,近日施宜生之北走,或能驯致边陲意外之扰,不可不加意焉!

❋ 《防微》

臣闻之:鲁公甫文伯死,有妇人自杀于房者二人,其母闻之不哭,曰:"孔子贤人也。逐于鲁而是人不随,今死而妇人为自杀,是必于其长者薄、于其妇人厚。"议者曰:"从母之言则是为贤母,从妻之言则不免为妒妻。"今臣之论归正归明军民,诚恐不悦臣之说者以臣为妒妻也。

❋ 《防微》

臣闻天下无难能不可为之事,而有能为必可成之人。人诚能也,任之不专则不可以有成。

❋ 《久任》

古之人君,其信任大臣也,不间于谗说;其图回大功也,不恤于小节;所以能责难能不可为之事于能为必可成之人而收其效也。

❋ 《久任》

房人为朝廷患,如病疽焉。病根不去,终不可以为身安。然其决之也,必加炷刃,则痛亟而无后悔;而其销之也,止于傅饵,则痛迟而终为大患。病而用医,不一其言,至炷刃方施而传饵移之,傅饵未几而炷刃夺之；病不已而乃咎医。吁！亦自惑也。

✲ 《久任》

一网既举，众目自张，天下之事犹有不办者，臣不敢信其然也。

✲ 《久任》

鸱枭不鸣，要非祥禽；豺狼不噬，要非仁兽。

✲ 《详战》

我无尔诈，尔无我虞。

✲ 《详战》

今彼尝有诈我之情，而我亦有虞彼之备，一诈一虞，谓天下不至于战者，惑也。明知天下之必战，则出兵以攻人与坐而待人之攻也，孰为利？战人之地与退而自战其地者，孰为得？均之不免于战，莫若先出兵以战人之地，此固天下之至权、兵家之上策而微臣之所以敢妄论也。

✲ 《详战》

详战之说奈何？详其所战之地也。兵法有九地，皆因地而为之势。不详其地、不知其势者谓之“浪战”。故地有险易、有轻重。先其易者，险有所不攻；破其重者，轻有所不取。

✲ 《详战》

九

议

某窃惟方今之势,恢复岂难为哉。上之人持之坚,下之人应之同,君子曰"不事仇雠",小人曰"脱有富贵",如是而恢复之功立矣。虽然,战者,天下之危事,恢复,国家之大功,而江左所未尝有也。持天下之危事,求未尝有之大功,此晋绅之论,党同伐异,一唱群和,以为不可者欤?于是乎"为国生事"之说起焉,"孤注一掷"之喻出焉,曰"吾爱君,吾不为利",曰"守成、创业不同,帝王、匹夫异事"。天下未尝战也,彼之说大胜矣,使天下而果战,战而又少负焉,则天下之事将一归乎彼之说,谋者逐,勇者废,天下又将以兵为讳矣,则夫用兵者讳兵之始也。某以为他日之战,当有必胜之术,欲其胜也,必先定规模而后从事。故凡小胜不骄、小负不沮者,规模素定也。某谨条具其所以规模之说,以备采择焉。苟从其说而不胜,与不从其说而胜,其请就诛殛,以谢天下之妄言者。惟无以人而废其言,使天下之事不幸而无成功,他日徒以某为知言,幸甚。

※ 《总序》

恢复之道甚简且易,不为则已,为则必成。然而某有大患:天下智勇之士未可得而使也。人固有以言为智勇者,有以貌为智勇者,又有以气为智勇者。言与貌为智勇,是欺其上之人,求售其身者也,其中未必有也,以气为智勇,是真足办天下之事,而不肯以身就人者,叩之而后应,迫

之而后动,度其上之人果足以有为,于是乎出而任天下之事,其规模素定,不求合于人者。

✳ 《一议》

且恢复之事,为祖宗,为社稷,为生民而已,此亦明主所与天下智勇之士之所共也,顾岂吾君吾相之私哉。然而特怵于天下之士不乐于吾之说,故切切然议之,遂使小人乘间投隙,持一偏可喜之论以媒己私利,上之人幸其不徇流俗而肯为是论也,亦稍稍而听之,故施于事者或骇,用于兵者有未可知,此某之所以为大患欤。

✳ 《一议》

故某以为:"今日之论,不可白于天下",所恶乎白者为其泄也,然取天下智勇之士可与共吾事者而泄之,非泄之于天下也。

✳ 《一议》

盖天下有英雄者出然后能屈群策而用,有豪杰者出然后能知天下之情。

✳ 《一议》

论天下之事者主乎气,而所谓气者又贵乎平。气不平则不足以知事之情,事不知其情则败。今事之情有三:一曰无欲速,二曰宜审先后,三曰能任败。

✳ 《二议》

辛弃疾名篇名句赏读

终世而讳兵,非真能讳也,其实则内自销铄,猝有祸变而不能应。明日而亟斗,非真能斗也,其实则恫疑虚喝,反顾其后而不敢进。此和战之所以均无功而俱有败也。孔子曰:"欲速则不达,见小利则大事不成。"

❋ 《二议》

凡战之道,不一而足,大要不过攻城、略地、训兵、积粟,与夫命使、遣间、可以诳乱敌人耳目者数事而已。然而知所先后则胜,否则败。譬之奕棋,纵横变化不出于三百六十路之间,巧者用之以常胜者,谚所谓知先后之着耳,败者反是。故曰"审先后"。

❋ 《二议》

凡战之道主乎胜,而胜败之数不可必,始败而奋,终则或胜;始胜而骄,终则或败。故曰"一胜一负,兵家之常",讵一败便沮成事乎?且高祖未尝胜,项羽未尝败,然而兴亡若此者,其要在乎忍与不忍而已。不能忍则不足以任败,不任败则不足以成事。

❋ 《二议》

凡战之道,当先取彼己之长短而论之,故曰"知己知彼,百战不殆"。

❋ 《三议》

彼之所长,吾之所短,可以计胜也;吾之所长,彼之所短,是逆顺之势不可易,彼将听之,以为无奈此何也。故以形言之,是谓小谋大,寡遇众,

辛弃疾名篇名句赏读

弱击强;以情言之,则其大可裂也,其众可蹴也,其强可折也。举天下之大事而蔽之以一言,曰"攻其无备,出其不意。"是谓至计。

✱ 《三议》

既知彼己之长短,其胜在于攻其无备,出其不意而已也,故莫若骄之,不能骄则劳之。盖天下之言,顺乎耳者伤乎计,利于事者忤于听。

✱ 《四议》

智者之作事也,精神之所运动,智术之所笼络,以失为得,转害为利,如反手耳,天下不得执而议也。

✱ 《四议》

谋不可以言传,以言而传,必有可笑者矣。陈平之间楚君臣,与出高祖于平城者,其事甚浅陋也,由今观之,不几于笑欤,然用之而当其计,万世而下,功名若是其美也。

✱ 《四议》

故彼缓则我急,彼急则我缓,必胜之道也。兵法以诈立。

✱ 《四议》

虽然,事有适相似者:里人有报父之仇者,力未足以杀也,则市酒肉以欢之;及其可杀也,悬千金于市求匕首,又从而辱之,意曰:"汝詈我则斗。"曾不知父之仇则可杀,以酒肉之欢则可图,又何以詈为哉。计虏人之罪,诈之不为不信,侮之不为无礼,袭取之不为不义,特患力不给耳。区区之盟,曾何足云。故凡求用兵之名而泄用兵之机者,是里人之报仇者也。

* 《四议》

某闻之:"胜兵先胜而后求战,败兵先战而后求胜。"故善为兵者阴谋。阴谋之守坚于城,阴谋之攻惨于兵。心之精微,出而为智,行乎阴则谓之谋。

* 《五议》

求非常之事,必有非常之费。非常之费,朝廷所不恤也。然而用之当其计,则费少而功多;不当其计,则费巨而功寡。何以言之?朝廷所谓经略秘计者,不过招沙漠之酋长,结中原之忠义,其招之者,未必足以为之固也。假使招之来,拥兵而强,则为我之师,释兵而穷,则为今之萧鹧巴,不然,使甘听吾言而就战其地,虽婴儿之智亦不为此。结之者固非锄犁无知之民,则椎埋窃发之党,非有尺寸可藉以为变,甚则率数十百人而来耳。势不足以为朝廷重,祸不足以制夷狄命,徒费金钱,为之无益耳。

* 《五议》

中原州郡类以夷狄守之,故其卒伍之长甚贵而用事,然其心亦甚怨而不平。某尝揣量此曹,间有豪杰可与共事者,然而计深虑远,不肯轻发,非比垅上之民,轻聚易散,出没山谷间止耳。若威声以动之,神怪以诳之,重赏以饵之,若是而未有不变者。

✵ 《五议》

彼变则拥兵而起,据城而守,变一兵而陷一城,陷一城而难千里,计无大于此二者。

✵ 《五议》

既谋而后战,战之际又有谋焉。吾兵与虏战,众寡不相敌也,使众寡而相敌,人犹以为虏胜,何者？南北之强弱,素也。盖天下之势有虚实,用兵之序有缓急,非天下之至精不能辨也。故凡强大之所以见败于小弱者,强大者分而小弱者专也。知分之与专,则吾之所与战者寡矣,所与战者寡,则吾之所以胜者必也。故曰"备前则后寡,备左则右寡,无所不备则无所不寡。"寡者备人者也,众者使人备己者也。又曰"出其所不趋,趋其所不意。"又曰"形之所在,敌必从之。"

✵ 《六议》

彼山东者,于燕甚近,而其民好乱。天下有事,虏人常先穷山东之民；天下有变,而山东亦常首天下之祸。计不知此而轻其备,岂真识天下之势也哉。

✵ 《六议》

辛弃疾名篇名句赏读

四路备兵,势分备寡,内郡空虚,盗贼群起,吾之阴谋又行,援我者众,虽有良、平,不能为之谋矣。

❋ 《六议》

今之论兵者,不知虚实之势,缓急之序,乃欲以力搏力,以首争首,寸攘尺取以觊下,譬之驱群羊以当饿虎之冲,其败可立待也。惟详择毋忽。

❋ 《六议》

正取之计已定,然后谋所以富国强兵者:除戎器,练军实,修军政,习骑射,造海舰,凡此所以强兵也。其要在于为之以阴,行之以渐,使敌人莫吾觉耳。

❋ 《七议》

至于富国之术,民无余力,官无遗利矣,国不可得而富也。兵待富而举,则终吾世而兵不得举矣。

❋ 《七议》

可以息民者息之,可以予民者予之。盖恢复大事也,能一战而胜乎?其亦旷日持久而后决也。旷日持久之费,缓急必取之民,凡民所以供吾缓急,财尽而不怨,怨甚而不变者,以其素抚养者厚也。

❋ 《七议》

古之人君,外倾其敌,内厚其民,其本末先后未有不如此者。不然,

— 91 —

事方集而财已竭,财已竭而民不堪,虽有成功而不敢继也。

❋ 《七议》

今世之所病者,深根固本则指为迂阔不急之论,从事一切则目为治办可用之才。国用既虚,民力又竭,求强其手足而元气先弱,是犹未病而进乌喙,及其既病也则无可进之药,使扁鹊仓公望之而去者是也。

❋ 《七议》

所谓战者,将姑为是名耶,其亦果有志于天下也?姑为是名,虽迁都建业,徒费无益;志于天下,虽迁建业,犹以为近。何则?人主破天下庸常之论,图天下难能之事,而又阴得其所以必胜之权,不躬犯艰难而决之,天下有不信吾心而殆吾事者矣。

❋ 《八议》

两敌相持,见之以弱犹恐为强,示之以怯犹恐为勇,见强示勇敌必疑惧,敌既疑惧吾事必去。故先事而迁,是见之强而示之勇也。两敌相持,士未致死,天子顺动,亲御鞍马,隆名重势猝压其上,三军思奋,斗必十倍。国势惊乱,变必内起。此古英雄之君御将决胜之奇术。故先事而迁,是兵未战而术已尽也。吾未战而迁建业,万一虏因是而迁京师(逆亮是也),此事之不可知者也。凡吾所以未战而求胜者,以中原之变为之助也,虏迁京师,胁以兵力,中原之民必不敢变,中原不变则战之胜负未可知也。故先事而迁是趣房人制中原之变也。此未可得而迁者也。

✱ 《八议》

事有甚微而可以害成事者,不可不知也。

✱ 《九议》

独患天下有恢复之理,而难为恢复之言。盖一人醒而九人醉,则醉者为醒而醒者为醉矣;十人愚而一人智,则智者为愚而愚者为智矣。不胜愚者之多而智者之寡也,故天下有恢复之理而难为恢复之言。

✱ 《九议》

所遭者然,非定势也。

✱ 《九议》

夫所谓古今常理者:逆顺之相形,盛衰之相寻,如符契之必合,寒暑之必至。

✱ 《九议》

盖人而有气,然后可以论天下。

✱ 《九议》